파리 빌라

La Villa de Paris

파리 빌라

윤진서 소설

| 차례 |

여행을 다니다보면 근래에 알게 된 것들을 언어로 쏟아내고 싶은 때가 온다. 누가 듣건 듣지 않건 간에, 내가 세상에서 무엇을 보았고 무엇을 느꼈는지 말이다. 무엇을 보고 무엇을 느꼈는지, 그래서 내 안에 무엇이 담기게 되었는지 스스로 기억해두지 않으면 기억들은 모두 날아가 공중에서 분해되어 다시는 내게로 돌아오지 않을 것 같았다. 하지만 언어로 뱉어내고 나면 그 장면은 오롯이 나의 것이라는 이상한 소유감이 들기 시작했다. 아무도 살지 않는 땅에 집을 지어놓고 '나의 집'이라고 팻말을 걸어두는 격이지만, 그것은 중요했다. 여하간 집이 있는 것이다. 그래서 여행을 다니며 글을 쓰는 것은 내게 일종의 안정감을 주었다. 지금은 낯선 땅에서 낯선 이가 되어 방랑하고 있지만 마음만 먹으면 일정한 곳, 내 가슴속 집으로 되돌아갈 수 있다는 믿음. 그것은 지속적인 따뜻함을 제공했고 이 따뜻함은 계속해서 내가 여행을 할 수 있는 원천이 되었다. 외로울수록 혹은 두려울수록 나는 그 행위를 계속 해나갔다. 그렇게 하다보면 하릴없이 돌아다니는 쓸모없는 인간이라는 불안감에서도 벗어날 수 있었고 또 그렇게 하다 보면 아무것도 아니라 생각하고 내 안에 버려두었던 감정, 사고, 의식 같은 입자들이 수면 위로 떠오르기도 했다. 어느덧 그것들은 어렴풋이 나를 이루는 분자가 되고 있었다.

나는 아직도 무언가 되려 하고 있는 중이다.

Prologue, New York

|

그가 떠난 후 이곳에서 나는 이름을 잃어버렸다.

그와 잔을 나누었던 카페의 자리에 앉아 커피를 주문했다. 웨이터가 테이블에 두고 간 커피를 마시자마자 곧바로 입술을 데었다. 뜨거운 커피를 보며 그와 닮았다고 생각했다.

우리는 처음 만나 우주까지를 대화했다. 그리고 셰익스피어의 「소네트」를 함께 읽었다.

사랑은 시간의 어릿광대가 아니기에

사랑은 짧은 세월에 변하지 않고,

운명이 다할 때까지 견디는 것.

만일 이것이 틀렸다면, 그렇게 밝혀졌다면

나는 글을 쓰지 않고, 그 누구도 사랑하지 않았을 것을.

덴 입술이 벌겋게 달아올라 살갗이 벗겨졌다. 벗겨진 살갗 아래로 뻘건 속살이 피를 머금었다. 이제야 뜨겁다는 것이 무엇인지 알게 되었다. 그가 나를 떠난 것처럼, 나 또한 이 도시를 떠나야만 했다. 그러나 마음속에서 시간이 되면 울리는 뻐꾸기시계처럼 그는 울려퍼졌다.

그를 떼어내려 거리로 나왔다. 거리는 비어 있었다. 그러나 아무것도 버릴 수 없었다.

Train to Paris

|

기차를 타면 가장 먼저 옆자리를 확인한다. 그러고 나서 맞은편 좌석을, 다시 내가 탄 칸 전체를 확인한다. 영화 〈비포 선라이즈〉를 보고 나서 생긴 버릇이다. 나도 언젠가 그 영화에서처럼 운명 같은 사람을 기차에서 만날 수 있으리라 기대했었다. 서른이 넘고부터 그런 로맨스는 영화에서나 벌어지는 일이라는 것을 알게 되었지만 기차 칸에서 누군가를 훔쳐 보는 버릇은 여전히 남아 쉽게 없어지지 않는다. 기차라는 공간에 혼자 들어섰을 때 느껴지는 외로움은 실제의 그것보다 좀더 과장되게 느껴져 가끔은 스스로가 여유롭고 멋진 여자 같다는 착각을 하게 되기도 하지만, 일단 기차가 출발하고 몇

분만 지나도 옆으로 스치는 사람들에게 지나치게 관심을 기울이게 된다. 그런 나 자신을 보며 아직도 환상적인 욕망을 놓지 못했구나 인정하고 만다.

그래서인지 언젠가부터 영화를 잘 보지 않는다. 다른 사람들에 비해서야 많이 보겠지만 예전처럼 하루에 두세 편씩을 연달아 보는 일은 그만두었다. 그곳에서만 존재하는 환상 혹은 상상 같은 일들은 실제의 삶 안에서 너무도 뼈아프게 다가올 뿐 아니라 영화에서처럼 아름답거나 신비롭지 않았다. 운명 같은 사랑이나 삶의 의미를 찾게 해줄 특별한 사건들은 결코 내게 일어나지 않을 것이었다. 그 사실은 내 삶을 건조하게 만들었다. 이제는 어쩌면 그것보다 실제의 삶에서 무언가를 찾고 싶어졌던 것일지도 모르겠다.

옆자리에는 부부가 앉아 있었다.

"당신, 이런 잡지를 보면서까지 나를 가르치려 드는 거야?"

남편은 억누르려는 감정이 섞인, 그리고 이미 몇 번이고 봐줬다는 감정이 섞인 어조였다. 아내는 그보다 여유롭고 온화하게, 그러나 미안하다는 투로 대답했다.

"여보, 나는 가르치려 드는 게 아니고 단지 내가 아는 걸 말한 거예요."

"그게 그렇게 중요해? 잡지 보면서, 난 뭔 시시껄렁한 말도 못해?"

"미안해요. 내가 괜한 말을 했나봐요."

아내는 아이를 달래듯 말했고, 아이처럼 입을 삐죽 내민 채 남편이 대답했다.

"나는 카페테리아에 가서 커피나 한잔하며 잡지를 마저 볼 테야."

그가 저벅저벅 걸어 5번 칸 문을 열고 다른 칸으로 넘어갔다. 이제 그는 보이지 않는다. 아마 중간에 기차 사고가 나서 열차가 끊어지기 일보 직전이라 해도 그는 이쪽 칸으로 돌아올 것 같지 않아 보였다. 나는 그의 뒷모습을 따르던 눈동자를 그의 아내에게로 돌렸고 역시 나를 의식하던 그녀와 눈이 마주쳤다. 그녀는 늘상 있는 일이라는 듯 어깨를 으쓱해 보였다. 그러고는 대수롭지 않다는 듯이 말했다.

"후후. 틀린 걸 지적하는 거 자체를 싫어해요."

별것도 아닌 일을 가지고 왜 그렇게 성을 내며 자리를 피하는 걸까, 나로서는 도저히 이해할 수 없었다.

"고작 그런 말도 하면 안 되나요?"

"제 남편 역시 작가거든요. 근데 이름을 잘 기억을 못해요. 그걸 자존심 상해 할 때가 있죠."

"이해가 안 가요. 벨기에 작가를 폴란드 작가라고 해서 벨기에 작가라고 말해준 것뿐이잖아요. 제가 보기엔 저렇게 화낼 일도 아니고 부인이 사과하실 일도 아닌걸요."

"이렇게 생각해봐요. 난 왼쪽 어깨가 아픈데 이십 년을 같이 산 사람이 아직도 내 왼쪽 어깨가 아프다는 걸 잊고 가끔 툭툭 친다고. 화가 나지 않겠어요?"

"화가 나겠죠. 그렇지만 굉장히 다른 예인 것 같아요."

"아니에요. 같은 얘기예요. 후후. 다만 그가 예민한 걸 잠시 깜빡했죠. 음. 이게 부부의 일이에요."

"네?"

"상대가 모르는 걸 가끔 나도 모르는 거요."

그녀가 창밖으로 고개를 돌리기 전, 나는 그녀의 표정을 한참 동안이나 바라보았다. 대체 무엇을 몰라야 한다는 것일까? 상대방이 모르고 있는 것을 내가 아는 그 사이야말로 좋은 한 쌍이라고 생각해왔는데 말이다.

기차는 쉴새없이 바퀴를 굴린다. 인간은 시간이 지날수록 아는 것이 늘어가는 것이며 모르는 것은 없어져가는 것일까? 과연 내가 안다고 생각해오던 것들은 진실일까?

남편은 삼십 분이 채 안 돼서 문을 열고 들어와 아내에게 사과 하나를 내밀었다.

"아주 달아."

다시 맑아진 얼굴을 하고 나타난 그는 아내 옆에 자연스레 앉아 무언가를 열심히 쓰기 시작했다. 그녀는 사과를 한입 베어 먹으며 그의 어깨에 머리를 기대었다. 사실 그 작가가 벨기에 작가이건 폴란드건 스위스건 무슨 상관일까. 그런 걸 일일이 기억하지 못한다는 건 어쩌면 그와 그녀에게 더 행복한 일인지도 모른다. 그는 단지 달리는 기차에서 잡지나 보며 오랜 친구 같은 아내와 농이나 나누고 싶었던 것일 텐데 말이다.

언제나 아는 것을 말하는 것은 가장 쉬운 일.

Paris

|

큰 배낭을 멘 채 벨을 눌렀다. 효정, 아니 폴린은 담배 한 개비를 문 채로 놀라운 건지 반가운 건지 졸린 건지 여하튼 도무지 알 수 없는 표정으로 나와 맞아주었다.

"연락도 없이 웬일이야? 여행중인 거야? 아니. 일단 밥 먹으러 나가자. 아님 술을 한잔할까?"

"물론 술이지."

집 앞에 다다라 벨을 눌렀을 때 한 번, 효정의 얼굴을 마주했을 때 한 번, 그리고 등에 메고 있던 가방을 내려놓았을 때 한 번, 그렇게 순차적으로 무언가에 대한 마음을 거둬들이듯 차분해지기 시작했다. 드디어 짐을 내려놓을 수 있는 공간을 찾은 기분이었다.

우리는 내려놓은 가방 대신 따가운 햇빛을 등에 메고 술을 찾으러 나갔다.

"거기 갈까? 듀플렉스 역 쪽에 네가 좋아하는 꾸또아라플라차(키조개철판볶음) 팔던 곳."

"그래. 거기 좋아."

우리는 15구 쪽으로 걷는다. 파리의 거리에는 여전히 여유로운 빛깔의 빵들을 손에 쥔 사람들이 오가고 현실을 잊어버릴 만큼 맛있는 냄새들이 이곳저곳에서 피어오른다. 그리고 그 분위기는 거리에 선 나에게로 자연스레 전이된다. 이곳의 거리를 걷고 있으면 나조차도 평생 여유롭게 살 수 있을 것만 같다.

New York

|

지금으로부터 십 년 전, 효정은 폴린이라는 이름을 짓기도 전에 이모할머니와 함께 뉴욕 잭슨하이츠라는 곳에 살고 있었다. 그녀의 이모할머니는 유네스코에서 일하다 만난 미국인 할아버지와 재혼해 일생의 대부분을 뉴요커로 살아오셨다. 할아버지가 돌아가신 후에 할머니는 뉴욕에서의 삶이 이미 그녀의 인생 반 이상을 차지했다며 한국으로 돌아가기보다는 이곳에 남기로 결정했다. 그리고 노장 번역가로서 후배들은 하기 힘든, 오랜 노하우가 있어야 가능한 일들을 마다않고 여전히 바쁘게 시간을 보내고 있었다.

이모할머니가 여행을 떠나 집이 비게 되자, 나는 효정과 두 달 동안 할머니 댁에 함께 머물며 뉴욕 탐방을 하기로 했다. 뉴욕을 여행하던 어느 날 효정은 할머니가 돌아오면 기숙사로 옮겨갈 거라고 내게 말해주었다. 나는 효정의 그 말이 일종의 선언처럼 느껴졌다. 내게 말하는 것을 끝으로, 그간의 고민으로부터 자신의 마음을 떼어놓겠다는 다짐 같은 것.

— 대체 왜? 좋은 집 놔두고.

— 따로 사는 것이 서로 편해. 서로 사생활이 있어야지 좋잖아. 아무리 가족이라도.

— 그래. 그렇지.

— 원래 얻는 게 있으면 잃는 것도 있는 법이니까.

효정은 뉴욕의 집값을 감내하기로 했다. 어느새 폴린이란 여자로 변한 효정은 그만큼 독립적인 인간이었다.

그곳에 머물던 두 달 중의 어느 날, 그때만 해도 미술가가 꿈이었던 효정과 미술가인 동네 친구 에드, 그녀의 아들딸과 함께 '머홍크'라는 미국식 정원이 있는 호수에 다녀왔다. 그곳에서 그들이 그림을 그리는 동안 나는 사진을 찍었다. 효정의 말대로 뉴욕에서는 예술하는 사람들을 발에 채듯 볼 수 있었고 내 눈에 들어오는 모든 것들은 기대 이상이었다. 나는 그들의 사진을 찍는 것만으로도 족했다. 나는 매번 달아오르는 심장께에 손을 얹으며 놀라움으로 입이 벌어졌고 그때마다 효정은 오기라도 생긴 듯이 내가 더 감탄할 수 있는 곳으로 인도했다.

그때만 해도 효정의 꿈은 미술가였다. 큐레이터가 되겠다고 했었는지 화가가 되겠다고 했었는지 잘 기억나지 않지만.

그후로 나는 효정을 핑계삼아 매해 새로운 것들이 생겨나는 뉴욕으로 갔지만 뉴욕에서의 삶은 결코 호락호락하지 않았다. 그녀의 실상은 그녀가 몸담고 있는 도시처럼 매번 세련되어질 수 없었다.

어느 날은 돈을 벌기 위해 헤어디자이너 학생들의 실습 상대가 되어 오토바이족 같은, 새파랗게 염색된 머리를 한 채 돌아와 술을 마시다 울어버린 적도 있었고, 새로 사귄 남자친구의 변태성에 광분해 짐을 쌌다 푼 적도 허다했다. 그는 그녀의 파란색 머리가 마음에 들지 않는다며 검정머리 가발을 쓰고서 잠자리에 들어와주길 바랐다. 나 또한 당시에는 가발을 쓰고 들어오라는 남자의 요구에 함께 분노했지만 울며 겨자 먹기로 골라준 긴 생머리 가발을 쓴 효정이 훨씬 예뻤다는 사실엔 아직도 토를 달지 못한다.

그녀로 인해 나 또한 점점 뉴욕의 실상인지 정체인지를 알아가면서 더이상 그녀의 삶을 지지하지 못하게 되었고 그녀 또한 뉴욕에서의 삶을 탈피하고 싶어했다.

　뉴욕에서 산 지 칠 년째 되던 어느 날, 검정머리 가발을 뒤집어쓴 그녀가 말했다.

　— 내게 이 도시는 버거워. 꿈만 남고 모든 게 사라지고 있어.

　— 무슨 말이야?

　— 사랑도, 행복도, 내 주위에 존재하던 인간들도 점점 사라지고 있어. 다음날이 되어 눈을 뜨면 꿈에 더욱 집착하고 있는 내 모습이 보여.

　나는 내심 그녀의 말에 동의했다. 그녀의 꿈이란 두꺼운 가죽을 둘러멘 채로 어기적어기적 걸어다니는 뉴욕산 거북이로 보일 때가 많았기 때문이었다. 그만큼 버거워 보였고 언젠가 그 가죽이 그녀를 삼켜버릴 것 같아 무서웠다. 그래서 그녀가 그렇게 말해준 것이 차라리 다행이라 생각되었다.

　— 떠날 거야?

　— 응. 그러는 편이 나을 것 같아.

　— 어디로?

　— 글쎄. 넌 살아볼 수 있다면 어디로 가고 싶어?

　— 파리는 어떨까?

내가 왜 파리라고 대답했는지는 모르겠다. 어쨌든 그후에 그녀는 파리로 옮겨갔다. 그 이유가 나의 말 한마디 때문인지는 알 수 없었지만, 당시에 우리는 모든 것이 항상 그대로인 파리가 뉴욕에서의 지친 심신을 달래줄 것이라 생각했던 것은 확실했다.

파리로 떠난 후 효정은 어느 순간부터 점점 국적을 잃어가고 있었다. 더이상 그녀의 제스처, 애티튜드, 뉘앙스 그것을 뿜어내는 몸 어디에서도 한국 여인의 전형적인 모습을 찾을수 없었지만 그렇다고 뉴욕 여자 같지도 프랑스 여자 같지도 않았다. 뭐랄까, 그보다는 더 작고 단단했으며 묘한 색채감이 있었다.

Restaurant La Cantine du Troquet

|

레스토랑에 도착한 우리는 야외 테이블에 자리를 잡고 생
맥주 두 잔을 주문했다. 그리고 꾸또아라플라차 한 접시와 함
께 연어 샐러드와 화이트 와인 한 병을 더 주문했다.

문득 그녀와 보냈던 수많은 날들을 돌이켜보았다. 머릿속
에 떠오르는 수많은 날들을 제치고 그녀를 생각할 때마다 가
장 먼저 떠오르는 날이 있다.

"효정아, 언제였더라. 혹시 기억해? 뉘블랑쉬(La Nuit blanche,
모던아트축제) 날, 밤새도록 와인을 들고 미술관들을 돌며 술
마셨던 거 기억나? 무료입장일 때 다녀야 한다면서 밤새 미
술관을 돌면서 설치미술 사이로 들어가 춤추다가 다음날 아

침 침대에 뻗어서 움직이지도 못하고 대화했었잖아."

"그때 무슨 얘기했었지?"

"진짜 하얀 밤이었다고. 왜? 아무것도 제대로 기억이 안 나서!"

"하하. 맞아. 기억이 안 나서 하얀 밤인 것 아니냐며 킥킥댔었잖아."

"그런데 말이야, 효정아. 생각해보면 기억에 남는 장면은 우리가 스스로 선택할 수 있는 게 아닐지도 몰라. 우리는 매일 일어났던 일들을 모두 기억하지는 못하잖아. 그렇지만 그날, 뉘블랑쉬 날이 있었다는 것은 기억하지. 그 전날이나 다음 날에 뭘 했는지는 잘 기억이 나지 않고."

"그러네. 그것참 아이러니다."

그날은 정말 기억에 남지만 아이러니하게도 그날 무엇을 했는지는 잘 기억이 나지 않는다. 단지 사치스러울 정도로 예술의 틈에 끼여 놀았다는 것, 진탕 술을 마셨다는 것과 거리에서 춤을 추었다는 것, 그리고 그날의 색과 향이 뒤엉킨 강렬함만이 남아 있다. 네온사인들과 켜져 있던 불빛 아래로 부슬부슬 비가 내려 거리에 밴 퀴퀴함과 와인 냄새가 섞여 만들어내는 기묘한 그 냄새. 그 냄새를 추억하다 문득 정신을 차리면 이렇듯 파리에 와 있는 것이다.

고백하건대 나는 그 냄새가 좋다. 초등학교 시절 즐겨 하던 '지하실 탐색대' 놀이도 그랬다. 놀이는 간단하다. 경비 아저씨 몰래 지하실로 잠입해 한껏 지하실 냄새를 맡다가 나오는 것이다. 나는 단지 지하실 냄새를 맡으러 가기 위해 금지된 행위를 무릅쓸 정도로 그 퀴퀴한 냄새를 좋아했다. 동네 아이들은 지하실 탐색대라는 명목 아래 나를 따라 티셔츠 안에 손전등을 숨기고 계단을 후다닥 뛰어내려와 그곳의 냄새를 맡다가 나갔다. 그후로 그곳에 인형을 가져다놓기도 하고 간식을 가져다놓기도 했지만 그것 또한 오로지 지하실 냄새를 오랫동안 맡기 위한 것일 뿐 놀이의 내용 자체에는 관심이 없었다. 깊은 후각 너머에 존재하는 어떤 기억 한 조각이 지하실 냄새로, 그리고 파리의 비와 와인이 뒤섞인 거리의 퀴퀴한 냄새로 나를 자꾸 인도한다. 말하자면 나는 그처럼 퀴퀴한 인간이라는 것이다.

"그 영화 있잖아. 하비에르 바르뎀 주연의 〈비우티풀〉. 봤니?"

효정의 질문에 나는 당연한 걸 묻는다는 눈짓으로 와인을 한 모금 마셨다.

"그 영화에서 남자의 아내가 말해. '나는 당신을 너무 사랑하고 당신에게 충실하고 싶은데 가끔 미친듯이 자유롭게 욕망을 즐기고 싶을 때도 있어요. 미안해요'라고. 있잖아, 나는 그 여자 이해가 돼. 때때로 이 사회는 욕망을 느낀다는 자체만으로 죄의식을 갖게 하잖아. 그렇게 원치 않는 죄의식을 느낄 때면 내가 왜 이런 마음을 가져야 하지? 생각하게 돼. 남편이라고 해서 그녀를 소유한 것은 아니잖아. 결혼이란 제도는 결국 인간이 인간을 소유하려는 욕망에서 나온 거 아닐까?"

효정은 말을 멈추고 와인 잔을 잠깐 들었다가 내려놓았다. 나는 그녀의 말을 받아 대답했다.

"물론 나도 여자라기보다는 한 사람으로서 그녀를 이해할 순 있어. 하지만 그 여자의 행동을 봐. 그렇게 말하면서 욕망을 핑계삼아 불행할 거리들을 만들고 있다고 생각해본 적 없어? 만약 남편이 가정을 보살피지 않았다면 과연 그녀는 그럴 수 있었을까?"

효정이 처음부터 이런 말을 꺼냈다는 것은 지금이 그녀 스스로 갇히고 싶을 때라는 말이다. 진정 자유롭고 싶기만 한 사람이라면 이런 질문 따위는 하지도 않는다.

효정은 겁이 난다고 말했다. 무척이나 사랑하는 사람을 만났고 함께 살고 싶지만 언제 변할지 모르는 사랑이란 감정의 모호함 때문에 말이다. 우리는 잠시 혹은 영원 사이의 시간 동안 얼마나 지속될지 모르는 불안한, 사랑이라는 이름의 감정을 느끼기 위하여 여러 상태로 자신을 몰아간다. 어쩌면 그 속에서 스스로를 벼랑 끝으로 내몰기도 할 것이다. 그래야만 사랑이라는 확신이 더 강렬하게 들어서일 것이며 어쩌면 사랑이란 세상에 존재하지 않기 때문일지도.

Home, 66 villa de Beauséjour

|

　다시 효정의 집에 들어오자 불과 몇 시간 전에는 보이지 않던 것들이 보이기 시작했다. 이사한 지 육 개월이 넘은 집인데도 아직 짐 정리가 덜 된 듯 곳곳에 풀지 않은 상자들이 가득했다. 넓은 집에 제대로 된 가구라고는 침대 하나밖에 없었다. 이토록 아름다운 건물에 상자들과 침대 하나로 채워진 집이라니. 평상시 그녀답지 않았다. 효정은 이렇게 오랫동안 공간을 내버려두거나 버려둘 정도로 게으른 인간도 무감한 인간도 아니었다.

　"아직도 이삿짐이 그대로네?"

　"아. 응. 꺼내기가 뭣해서."

"왜?"

"요 몇 년간 입었던 옷들은 죄다 그 인간이 사준 거더라고."

"그 인간?"

"너도 본 적 있잖아. 파리에 디자인 공부하러 왔었던."

효정은 그와 꽤 오랜 시간을 함께했었다. 디자인을 공부한 그는 효정에게 이것저것 입을 것들을 많이 사주었고 그만큼 그녀가 그의 취향에 맞춰 입길 원했다. 그러던 어느 날 그녀는 그가 사다준 운동화를 돌려주고 와서 말했다.

— 그 운동화는 말이지, 그이가 신으면 딱 어울릴 만한 신발이었어.

그후 몇 달 지나지 않아 그는 마음대로 되지 않는 그녀에게 이별을 고했다. 하지만 잘 맞지 않는 사랑이었더라도 이별의 고통은 고스란히 상자 안에 담겨 매일 그녀의 눈앞에 존재한다. 효정은 머그컵 두 개를 상자 위에 내려놓았다.

"이사하면서 와인 잔이 다 깨져버렸어."

"괜찮아. 난 머그컵에 마시는 게 안정감이 있어서 더 좋아."

금세 또 와인 한 병을 다 비웠다. 효정은 머그컵을 손에 쥔 채로 곧 잠이 들었다.

창밖에는 비가 내린다. 새벽을 지나 아침이 올 것만 같은 시간. 그래서 조급해지는 시간. 나는 와인이 조금 남아 있는

컵을 들고, 비 오는 풍경을 더 잘 보기 위해 창문 앞 상자 위에 걸터앉아 밖을 내려다보았다.

평범한 파리.

상자는 이미 여러 번 의자로 사용된 듯 움푹 들어가 있었다. 효정 또한 이 자리에서 파리의 거리를 내려다보았을 것이다. 가만히 상자 한쪽 면을 쓰다듬었다. 거리를 적시는 빗방울 소리가 흡사 모르는 누군가의 발걸음 소리처럼 무심히 들려왔다.

Home, Seoul

|

깨진 와인 잔 같은 사랑이 있었다. 그를 처음 만난 곳은 한여름 바다 안에서였다. 파도가 거칠던 어느 날, 성난 바다의 얼굴 위로 미끄러지듯 서핑을 하고 있던 그를 바라보다 그만 뒤쪽에서 덮치는 바닷속으로 빨려들어갔다. 그때 내 심장도 함께 빨려가 사랑이란 이름으로 다시 수면에 등장했다. 그가 다가와 괜찮냐고 말을 건네었을 때에 그래서 이미 나는 괜찮지 않았다.

그를 나의 공간에 처음으로 초대한 날, 나는 일부러 식사를 하지 않았다. 저녁을 먹기로 했던 건 아니었지만, 혹시나 그가 먹지 않았다면 요리를 해주고 싶었기 때문에 재료를 잔뜩 사다 냉장고에 넣어두고 책을 읽으며 그를 기다렸다.

그는 집 안을 둘러보며 인테리어와 소품들을 눈여겨보다 물었다.

― 식사는 했어요?

― 아직요. 사실 배고파요.

그러자 그가 눈을 반짝이며 말했다.

― 배고파요? 내가, 요리해도 될까요?

그는 재료가 무엇이 있냐고 물으며 냉장고 문을 열었다. 마치 자신의 주방에 들어간 듯 자연스럽게 냉장고에 들어 있던 버섯과 야채로 샐러드를 만들어주었고 나는 그걸 먹으며 잠시 동안 생각했다. 난 언제고 이런 남자를 만나고 싶었다고. 요리를 해주고 그걸 먹는 나를 바라봐주는 자상한 남자를.

그는 다음번엔 제대로 된 요리를 해주겠다고 했고 얼마 후 자신의 집으로 초대했다. 그는 관자구이와 샐러드, 그리고 토마토를 직접 갈아서 만든 스파게티를 준비하고 있었다. 한 손으로 프라이팬에 재료를 담아 뒤집는 그의 팔목 놀림은 오랜 기간 요리를 해온 숙련된 남자의 섹시함을 갖추고 있었다. 주방에는 초시계까지 준비되어 한 치의 오차도 없이 맛있는 것들을 만들어낼 수 있을 것 같았다. 더구나 이 모든 것을 그가 직접 준비했다는 사실이 무척이나 감격스러웠다.

그는 쑥쓰러운 듯 관자가 조금 타서 미안하다는 말을 하며 준비한 와인을 따라주었지만 그렇지 않은 것이 관자는 적당히 노릇하게 구워져 하얀 쟁반 위에 깔끔하게 올려져 있었고 발그스레한 얼굴을 한 달지 않은 와인은 모든 음식과 완벽하게 어울렸다.

— 맛있어요.

— 정말요?

— 네. 진짜 맛있어요.

— 다행이네요. 자주 요리할 땐 더 잘했는데. 너무 오랜만에 해봐서 아직 손이 안 풀렸는지 원래 솜씨가 안 나왔어요.

— 요리 잘하는 사람들이 꼭 그렇게 말하더라고요.

— 아니 진짠데. 다음주에 한 번 더 와요. 오늘은 연습이었고 진짜 맛있는 거 해줄게요.

그날 나는 와인처럼 얼굴이 달아올랐고 적당한 시간에 맞춰 돌아오느라 애를 먹었다. 그리고 그후로 여러 번 그의 집으로 식사를 하러 갔다. 그때마다 그는 신선한 재료를 구하러 시장에 다녀오고, 자신이 할 수 있는 최고의 요리를 해주었다. 테이블 옆에 초를 켜두는 것도 잊지 않았다.

다음번 그의 집에 갔을 때 나는 와인을 한 잔만 마시지 않았다. 그는 내가 잔을 비울 때마다 다시 잔을 채우며 내가 좋아하는 것들에 대해 물었고 싫어하는 것들에 대해 물었으며 좋아하지도 싫어하지도 않는 것들에 대해 다시 물었고 결국 내가 기억하는 모든 것들의 역사와 의미에 대해 물었다. 그렇게 더이상 우리의 식탁에는 인생의 부정적인 것들은 존재하지 않았다. 모든 것들은 미화되어 우리가 여기에 존재하기 위해 지나왔던 과거가 되었으며 그렇게 그와 나는 서로를 위해 새로운 자신을 만들기 시작했다. 다시 말해, 그와 나는 연인이 되었다.

밥을 먹고 영화를 보고 와인에 기대어 침대로 갔다. 창문 사이로 달이 보였다. 우리는 나란히 누워 손을 잡고 서로의 눈을 바라보았다. 누가 먼저랄 것도 없이 서로를 탐하는 영화 속 장면과 다르게 그는 천천히 손끝에서 손 중앙으로 손목으로 그리고 팔로 겨드랑이로 온몸 끝에서 중앙으로 마치 나비가 옮겨 앉듯 사뿐히 안착했다. 나는 땀이 어디에서 나와 어디로 흐르는지 느낄 수 있을 만큼 온몸 세포가 살아 움직이는 것을 느꼈다. 작게 숨을 쉬려고 해도 한 숨 한 숨이 끝까지 들어갔다가 나와야 숨이 쉬어지는 것 같아 고도로 집중해 끝에서 끝까지 호흡했다. 이제 온몸은 그를 받아들일 준비를 마쳤다.

달아오른 몸은 뜨거웠으며 입술과 혀는 서로 엉켜 누구의 것인지 분간할 수 없을 만큼 미끄덩거리는 액체를 나누었고 두 사람의 육체는 하나의 체온으로 맞춰졌다. 그의 시선은 내 두 눈에서 떨어지지 않았다. 그는 한 손으로 다리 한쪽을 눌러 벌리게 한 다음 얼굴을 가져와 천천히 애무했다. 미끄덩거리는 타액을 느끼며 나는 꿈틀댔다. 그가 만족하며 내 다리를 자신의 허리 뒤로 둘렀고 허리 가까이 데려왔다.

여인의 구멍. 생명이 탄생되는 그곳에서 액체가 분비되며 나는 변신한다. 나 자신은 없어지고 정제되지 않은 아이가 튀어나와 신음한다. 저 안의 깊은 곳, 뿌리가 생성되는 어딘가에서 자라나 밖으로 흘러나온다. 마개를 잘 닫지 못해 넘쳐 줄줄 새어 나오는 탄산처럼, 아무리 잘 닫으려 해보아도 뿜어져 나오는 가스가 결국 마개를 팅겨내듯 튀어나오는 다른 사람. 아니 다른 여자. 그가 내게서 어떤 여자를 꺼낸다.

눈을 감았다. 이젠 이전의 눈으로 세상을 보는 일은 없을 것임을 직감했다. 나는 온몸으로 그를 바라고 느끼며 보드라운 그의 살들이 나의 살에 접촉되어 마찰을 일으킬 때마다 고작 기쁘다는 생각밖에 할 수 없었다.

— 안경이 꼭 필요해?

내가 물었다.

— 뭔가를 보려 할 때는 필요하지.

— 그렇다면 나를 볼 땐 안경을 쓰지 말아줘.

— 왜?

— 나를 보지 않고도 사랑했으면 좋겠어. 이를테면 섹스 도중에 말이야.

— 안경은 고사하고 네 몸을 만지고 있으면 눈을 뜨고 보고 있어도 마치 감고 있는 것 같아. 둥근 곡선들을 보고 있으면 어디로부터 시작되어서 어디에서 끝나는지 가늠할 수 없거든. 네 안에 있는 느낌 또한 그래. 충만했음에도 불구하고 사정이 끝나기가 바쁘게 다시 너를 갈구하지. 보고 있어도 가질 수 없는, 이를테면 봉사가 되어버리는 거야. 눈뜬장님.

나 또한 그가 키스를 할 때면 눈이 감기는 대신에 코가 열리고 손이 열리고 그러고 나서 깊은 곳들의 문이 열리는 것을 느꼈다. 키스라는 것은 몸의 이곳저곳을 스치면서 온몸의 세포에 불을 켜주는 스위치 같은 것이라고 생각했다. 그리고 마침내 그가 내게 들어올 때는 이성적인 생각이라고는 아무것도 할 수 없는 상태가 되어버려서 역시 나 자신은 동물이었구나 하고 인정하게 돼버린다. 그런 나는 그가 냄새와 촉감으로 좀더 나를 기억해주었으면 하고 바랐다.

인간이란 동물로서 인간이란 동물로 부디, 나를.

우리는 다시 눈을 감았다.

우리는 서로의 몸을 찾으며 본능이 움직이는 대로 몸을 맡겼다. 눈을 감았지만 그가 어디에 있는지 어떻게 움직이는지 무엇을 원하는지 눈을 떴을 때보다도 더 가깝게 느껴졌다. 그가 어떤 사람인지 더 잘 보였다.

— 넌 전생에 포도였나봐.

— 왜?

— 이걸 섭취해야 내일이 올 것처럼 와인을 마셔대는 여자라니.

— 그래. 그랬으면 좋겠다. 전생에 포도였다면.

누구에게나 한 번쯤은 찾아온다는 인생의 축제 같은 시간이 나에게도 찾아왔다. 그와 나, 우리의 소박한 축제가 벌어진 것이다. 이상하리만치 가깝고 기묘하리만치 친근한 사이가 되어 마치 새 가족을 얻은 듯 서로를 원했다. 매일 아침이 올 때까지 함께 술을 마시며 시간을 뒤로 흘려보냈고 아침이 온다고 해서 할 일을 찾아 문을 나서지도 않았다. 모든 것이 서로에게만 허락되는 진정한 시간을 만들어내고 있었다. 우리에게만 존재하는 시간을.

지금이 아니면 세상이 끝날 것처럼 일분일초를 아깝게 모았고 하루가 지났을 뿐인데도 인생의 이야기는 갈수록 깊어졌으며 경쟁하듯 자신의 본질을 풀어냈다. 마치 풋내나는 학생 시절로 돌아간 듯 별것 없이 웃었으며,

철새가 시기를 만난 듯 날고 있었고 밤새 이야기를 하다가도 아침이 오면 파도치는 바다로 뛰어나갔다.

파도 안에 묻혀 안고 뒹굴다 멈추지 않는 웃음을 참지 못해 물에 빠질 뻔도 했고 햄버거를 먹다가 사레가 들릴 뻔도 했다.

— 햄버거를 먹는데 눈물이 날 뻔했어.

내가 말했다.

— 정말? 어째서지?

— 누군가 내 앞에서 나와 같은 똑같은 기분으로 함께 햄버거를 먹고 있다는 느낌이 드니 그냥 눈물이 흐르려는 거야. 아무 준비도 안 되었는데. 이렇게 준비 없이 눈물이 무작정 흘러버리면 어쩌라는 거야? 그래서 얼른 고개를 숙이고 눈물을 훔치려는데 입속에 큰 햄버거 조각이 들어 있다는 걸 깨달았어. 너무 맛있는 부분이었지. 치즈와 고기, 양파와 케첩, 빵 뭐 하나 빠짐없이 입속에 적절하게 배합돼 씹히고 있었어.

— 흐음. 그래서?

— 아깝지 뭐야. 얼른 배 속으로 넣으려다보니까 사레가 걸리더라고.

— 나라면 햄버거를 좀더 음미하고 눈물 따위는 그냥 흘려버리는 걸 택했을 거야.

— 그래? 그편이 나았을까?

— 그럼. 말해 뭐해.

— 하지만 사람들이 눈물을 흘리며 햄버거를 먹는 나를 보면 뭐라고 생각하겠어?

— 그런 것 따위 무슨 상관이야? 햄버거의 모든 재료가 네 입속에 있는데?

— 그렇긴 하지만 그렇다고 해서 사람들이 너를 미워하는 건 내가 그냥 볼 수 없지.

— 나를 미워하다니?

— 그럼 내가 나 자신 때문에 눈물을 흘려보내지 못했다고 생각한 거야? 내 앞에 웬 남자가 햄버거를 우걱우걱 먹고 있는데 맞은편 여자는 사레들리는 걸 참으며 눈물을 흘린다고 생각해봐. 넌 나쁜 놈이 되는 거라고.

— 매너 따윈 없는?

— 그 정도가 아니야. 어쩌면 네가 날 감금 폭행하다가 순간적으로 미안해져서 햄버거라도 먹이려 데리고 나왔다고 생

각할지도 모른단 말이지.

　— 그럼 안 되지. 정말 고마워. 넌 사람들로부터 날 구해줬어.

　우리는 손가락으로 흘러내린 햄버거 소스까지 핥아먹고 또다시 아이스크림집으로 향했다.

　나는 그와 닿아 있을 때 비로소 안도할 수 있었다. 그의 신체에 존재하는, 내가 모르는 곳 구석구석에까지 입술이 닿아야 안심했고 물고 빨고 만지고 있는 중에도 도대체 만족이 되지 않았다.

　그해 여름, 장마철에 우리는 한동안 집 안에서 나오지 않았다. 마치 둘만의 감옥을 만들어 서로 안에 가득 담기고는 먼저 빠져나가는 사람이 죄인이라도 되는 양 서로를 추종했다.

　아침이면 눈을 뜨기 전에 먼저 손을 더듬어 그가 있는지 확인했다. 그는 정말로 손을 뻗으면 닿는 곳에 잠들어 있었다. 가끔은 그렇게 잠든 그의 얼굴을 바라보다가 이내 입술을 가져다대었다. 그러면 그는 기다렸다는 듯이 입술로 내 입술을 감싸고 손으로 허리를 감싸쥐고 자신의 무게를 내 위로 실었다. 그의 무게가 온전히 나에게로 실리면 그라는 존재가 내 안에 포함돼 있다는 기쁨에 탄성을 토했다. 끝나지 않을 것 같은 한여름의 오후가 끈질기게 이어지고 있었다.

변태다. 사랑하는 사람이 나타나면 몸 깊숙한 곳 구석구석 코와 입을 들이밀고 마구 핥고 빨고 물고 동물처럼 비벼대다가 다시 인간인 듯 포크를 들어 밥을 먹는, 나는.

나무를 짓이겨 만든, 종이로 된 책을 읽는다는 게 이 자연 안에서 내가 동물보다 나은 이유가 되지는 못할 것이다. 그래도 하나 나은 것이 있다면 그것은 사랑일 것. 사람이 변태가 되는 이유는 사랑, 오직 그것 때문일 것이다.

Saint Germain des Prés, Paris

|

아침이 되었다. 효정은 일터로 향했고 나는 밖으로 나왔다.

생제르맹데프레는 비가 와도 눈이 와도 그러다 해가 비치는 변덕스러운 날씨에도 우아한 분위기를 풍긴다. 오래된 서점 라 윈에서 책 사이를 거닐다 배가 고프면 루이뷔통 매장 뒤에 있는 일식집 엔에서 우동을 먹는다. 그러다 카페 드 플로르에서 커피를 마시는 일은 영화감독 레오 카락스가 내게 가르쳐준 가장 호사스런 파리의 생활이었다. 그는 허름한 술집 어느 곳에서 밤새도록 술을 마시다 알게 된 술친구였는데 영화 〈퐁네프의 연인들〉과 〈소년, 소녀를 만나다〉 같은 프랑스 영화의 감독이기도 했다. 그는 어느 날 파리의 음식에 지친 나를 옌으로 데리고 가 정갈한 일본 요리를 사주었고 카페 드 플로르에서 젊은 날의 사랑 이야기를 들려주었다. 후로 파리에 들르게 될 때마다 나는 적어도 하루는 시간을 내어 그가 소개한 그날의 느낌을 반복한다. 그러면 평범한 파리지앵의 여유를 알 것만 같은 느낌이 들어 좋았다.

오늘도 그를 만나러 왔다. 극장에서는 레오 카락스가 십이 년 만에 만든 장편영화 〈홀리모터스〉를 상영하고 있었다. 매표소 직원은 상영 후에 영화에 대한 각자의 생각을 이야기하며 다른 이의 생각도 들어볼 수 있는 무비나이트 프로그램이 마련되어 있다고 알려주었다. 티켓을 구매하고 카페 드 플로르로 가서 영화 시간을 기다렸다. 평일의 시간은 아주 느긋하게 흘러갔다.

영화는 다양한 장소에서 쉴새없이 다른 인물을 연기하는 배우의 인생을 좇는다. 주인공이 유일하게 진정한 자신으로 존재할 수 있는 곳은 '홀리모터스'라는 차 안뿐이다. 하지만 그곳에는 다음 스케줄을 부추기는 운전수가 있다. 그는 하루 동안에 수많은 사람의 삶을 산다. 성공한 사업가 같은 인물부터 대형 공장에서 물건을 옮기다 살인을 저지르는 인물까지. 마치 한 배우의 일기를 들여다보는 듯한 영화다.

이 영화를 보러 온 사람들 속에는 분명 억지로 다른 일을 해야 하는 삶을 살고 있거나 진짜가 무엇인지 자신은 누구인지 아무것도 확신할 수 없는 삶을 사는 사람들이 존재할 것이다.

영화가 끝나고 모두들 스낵 코너에서 와인을 사서 들어와 앉았다. 나도 한 손에 들어오는 작은 와인을 한 병 샀다. 사람들은 이미 자신의 생각을 쏟아내고 있었다.

요가강사처럼 머리를 바짝 틀어올린 사람이 말했다.

"사람들에겐 지금을 직시하는 능력이 필요해요. 요즘 세상은 정말이지 미래만 보고 가지 않나요? 배우 드니 라방이 연기한 오스카를 보고 있으면 불안해지지 않나요? 자신이 해야 할 일에 너무 집중한 나머지 진짜 자신을 잃어버리잖아요."

자신을 동양문화 연구원이자 테라피스트라고 소개한 남성이 대답한다.

"사랑에 빠질 때도 그렇지 않나요? 점점 사랑하는 상대의 삶 속으로 들어가면서 자신을 잃어버리는 여자들이 있잖아요. 남자들도 간혹 그러기는 하지만 그런 사랑은 보통 여자들이 더 많이 하니까요. 그들은 결국 결혼을 하면 자식들에게 자신의 삶을 바치기도 해요. 아이들이 크면 어떻게 되는지 알아요? 우울증에 걸려요. 그러고는 병원으로 찾아가 자신은 가족을 위해 희생했다고 얘기하죠."

국어선생님이자 벨리댄서인 여성이 말한다.

"여자가 그렇다고요? 그렇게 따지자면 남자들은 자신의 직업에 빠져들어요. 물론 그럴 수밖에 없는 사회이기도 하지만요. 마치 영화 속 오스카와 같죠. 자신의 능력이 곧 자신이라고 생각하죠. 그리고 능력을 만드는 데 인생의 대부분을 소비하고 그 세계 안으로 결국 먹혀들어가요. 정신을 차려보면 이미 흰머리가 나 있죠."

자신을 화가이자 주부라고 소개한 사람이 말했다.

"마쓰모토 토시오 감독의 〈장미의 장례행렬〉이란 영화가 있어요. 당시 실험영화로서 영상에 대한 새로운 시도와 게이 컬처를 다룬 내용 때문에 회자가 많이 된 작품이죠. 그 영화의 주인공이 전시장으로 들어가면 이런 말이 흘러나와요. '사람 모두는 그만의 가면을 가지고 오랜 시간 각인시켜간다. 단지 하나의 가면으로 살아가는 사람도 있지만 여러 개의 가면으로 살아가는 사람도 있다. 본래의 특징을 가진 가면도 있지만 진짜 얼굴과는 전혀 다른 가면도 있다. 어떤 것은 진짜 얼굴과 쉽게 구별이 가능하고 어떤 것은 진짜인지 가짜인지 구분할 수 없다. 사람은 타인을 만날 때 언제나 가면을 쓰며 그들 또한 오직 가면을 쓴 타인만을 보게 된다. 만약 그들이 가면을 벗는다 해도 진정한 자신을 볼 수가 없다. 첫번째 가면을 벗는다 해도 두번째 가면이, 두번째 가면을 벗더라도 세번째 가면이 그 안에 있기 때문이다. 따라서 사람들은 종종 당신의 가면을 당신으로 알게 되고 당신도 그들의 가면을 그들로 알게 된다. 사랑과 혐오의 대상은 아마 가면일지 모른다. 진정한 얼굴은 고독에 빠져 있다. 사람은 이 고독에서 도망치려 또다시 가면을 만든다.' 〈홀리모터스〉 속 주인공은 자신이 가면을 쓴다는 것을 알면서도 점점 빠져들어가 결국 가면 안에 갇히게 된 것 같다는 생각이 들어요. 하지만 돌이켜보면 우리 모두는 자신이 스스로 각본을 쓴 연극을 하다가 그 안에 갇히는 것 같다는 생각이 들더군요. 저는 화가를 연기하며 매일을 살죠. 실제로 화가이기도 하고요. 하지만 화가라는 자신을 벗을 때 저는 누구라고 말할 수 있을까요?"

여행자라고 소개한 아시아 여자인 내가 말했다.

"저도 〈장미의 장례행렬〉이란 영화 좋아해요. 그 영화는 다큐멘터리와 극영화의 접점에 있는 것 같아서 묘했어요. 다큐멘터리 파트의 인터뷰 장면 중에 한 게이에게 질문을 하잖아요. 게이가 좋냐고요. 게이가 그렇다고 대답하니까 다시 질문해요. 게이가 좋다는 건 남자가 좋다는 건가요? 그랬더니 그

게이가 정확하게 다시 대답하더군요. '남자가 좋은 게 아니라 게이가 좋은 거라고요.' 그 대답을 듣는데 가슴이 뭉클했어요. 그 사람은 자신을 확신한다는 느낌이 들어서요. 자신이 진짜 좋아하는 게 무엇인지 아는 것 같았어요. 하지만 사실 사람들은 그런 것에 관해 깊이 생각해보지 않잖아요? 남들 시선에 따라 좋은 것이 결정되는 경우가 많으니까요. 레오 카락스 감독은 이 영화를 만들기 전 아내를 잃었다고 들었어요. 아내 또한 배우였죠. 그래서 배우라는 직업에 대한 추모의 영화를 만든 듯해요. 배우라는 직업이 얼마나 혼돈 속에 자신을 몰아가며 사는지에 대해서요. 그러나 관객은 그들의 혼돈이 강해질수록 그들의 연기에 열광하죠. 그런데 오늘 여러분들의 이야기를 듣고 보니 배우가 아닌 사람들도 마찬가지네요. 정체성에 대한 불안감은 결국 인간 모두의 숙제인가봐요."

사람들은 일제히 나를 응시했다. 얼마 지나지 않아 다시 그들의 대화는 이어져갔지만. 그 순간 나는 다시 생각했다. 자신만의 인생을 산다는 것이 얼마나 힘든 일인지에 대해서.

Home, Paris

|

집에 돌아와 벨을 눌렀다. 벨을 누르고 집으로 들어가는 행위는 언제나 기쁘다. 다른 누군가의 집이건 나의 집이건 간에 그곳은 가장 아늑하고도 모든 비밀이 숨겨져 있는 공간이 아니던가. 그런 느낌이 좋다. 아늑함. 그리고 비밀스러운. 누군가 잠이 들어 있다면 새근거리는 숨결이 들려올 것이고 누군가 부산스레 부엌에서 일하고 있다면 냄비에서는 맛있는 냄새가 피어오를 것이다. 물론 옷을 벗고 샤워를 하고 있다 해도 그곳엔 아늑함과 비밀스러운 느낌이 공존한다.

문이 열렸다. 벨을 누르기 전 상상했던 집 안의 풍경과 다르게 나를 맞이하는 효정의 눈에는 눈물이 고여 있었다.

"있잖아, 만약에 네가 누군가에게 실연을 주었다면 아마도 그 사랑은 진짜 사랑이 아니었을 거야. 네가 당했던 실연만이 진짜 사랑이었을 거야. 이유를 불문하고 끝까지 곁을 지키지 못한 쪽은 사랑했다고 말할 자격이 없는 거야."

Home, Seoul

|

그의 집에 머물며 책을 읽고 있을 때면 그는 옆에서 그림을 그리곤 했다. 그는 조화롭지 않은 색을 골라도 조화롭게 도화지를 채울 줄 알았다. 그런 그를 보면 왠지 모를 자긍심이 생겼다. 책을 한 장 넘길 때마다 시선을 돌려 부산하게 움직이는 그의 오른쪽 손가락을, 목덜미를, 귓불을, 땀이 흐르는 뒷모습을 마음껏 바라보았다. 그리고 어쩌다 가끔은 우연히 뒤돌아본 그와 눈이 마주치곤 했다.

— 넌 벗을수록 예뻐. 고운 피부에 볼록한 아랫배, 그 밑으로 맛보고 싶은 네 것까지. 얼굴만 보고 있으면 천상 마르고 연약한 소녀 같은데, 벗겨서 안을 보면 탱탱한 가슴과 엉덩이

가 마치 열매처럼 열려 있어. 보석을 발견한 기분이야. 그래서 허리를 끌어안고 잠들면 세상을 가진 기분이 들어.

　당신이란 남자는 내 몸을 보며 자긍심을 느낀다고 했다. 이렇게 말랑말랑하고 부드러운 육체가 자신의 것이라니 믿기지 않아 자꾸만 만지게 된다고. 그의 손길에 길들여지고 있던 나는 그가 쓰다듬을 때면 점점 강아지가 되는 것 같았다. 그래서 가끔은 그가 없으면 정처 없이 떠도는 길 잃은 강아지가 되어 비를 맞은 채 밤길을 돌아다니는 듯한 기분이 들곤 했다.

New York

|

그와 나, 우리는 함께 뉴욕으로 여름휴가를 떠났고 뉴욕에 도착한 날 밤 우리는 바다 한가운데에 빠져 허우적대는 기분으로 서로 안에서 헤엄쳤다. 그는 나를 점점 더 깊은 곳으로 이끌고 들어가 심연의 세상을 보여준다. 그는 내 안에 숨어 있는 다른 여자에게서 나오는 통제되지 않은 소리를 들으며 깊숙한 곳으로 점점 밀어붙이고 끝으로 더욱더 밀착시킨다. 그가 마침내 더이상 들어올 수 없을 만큼 닿았을 때, 나는 정복당한 듯 항복을 외치며 잠이 들곤 했다.

다음날 아침, 잠든 그의 휴대폰이 울렸다. 나는 아주 자연스럽게 그렇지만 조심스럽게 휴대폰을 집어들어 그의 이메일과 문자메시지들을 확인했다. 그가 이곳에 살고 있는 여자 후배와 만나기로 되어 있음을 확인했고 도저히 믿을 수 없었다. 그가 나 말고도 다른 '여자'란 존재와 단둘이 시간을 보내려 했다는 사실에 나는 오전 내내 한마디도 하지 못하다가 결국 그가 차려놓은 밥상 앞에서 쏘아보며 말했다.

— 아무데도 가지 마.

결국 곱게 씻어 꼭지를 따놓은 딸기와 따뜻하게 데워놓은 우유와 커피, 노릇하게 익은 달걀프라이와 구운 토마토는 차갑게 식어 쓰레기통으로 들어갔고 우리는 다시는 안 볼 사이처럼 싸웠다.

늘 그와 뉴욕의 까만 밤하늘을 보며 함께 걷기를 꿈꿔왔다. 그러나 이곳에서 우리는 단 한순간도 로맨틱할 수 없었다. 내 꿈속에선 텔레비전에 나올 법한 아리따운 금발의 여자가 나타나 그에게 말을 걸었고 그 또한 자연스럽게 화답하곤 했다. 눈을 뜨면 그 여자가 찾아와 그를 데리고 갈 것만 같아 나는 불안함을 포장할 수 있는 여러 가지 재료를 찾아내 그에게 쏟아부었다. 결국 그는 그대로 서울로 돌아갔다.

그걸로 됐다고, 이제는 정말 끝났다고 생각했다. 하지만 얼마 못 가 화장실에서 그의 말라 있는 칫솔을 발견했을 때 나는 무너졌다. 벌써 그리움을 깨달은 것이다. 아직은 그럴 때가 아니라고 생각했으나 그리움이란 감정은 이미 호텔방 안에 존재하고 있었다.

나는 오롯이 앉아 전화기만 바라보았다. 이전에 뉴욕에서 효정과 함께 용감히 뉴욕의 밤길을 걸었던 나는 어딘가로 사라졌고 전화기 앞에서 길들여진 강아지가 되어 앉아 있었다. 이 강아지 같은 여자는 누굴까?

그때였다. 그를 닮은 사내아이가 내 옆에 있다면, 하는 뚱딴지 같은, 멍청한 욕망이 생겨났다. 이 생각을 잠재우기 위해 기억도 나지 않는 문장들을 입으로 뱉었다.

그에게 전화를 걸었다.

잠수함에 타고 있는 사람들이 무언가 문제로 인해 다시는 수면 위로 갈 수 없이 이대로 죽음을 받아들여야 한다고 쳐보자. 몇몇은 선원을 찾아 난동을 부릴 것이고 몇몇은 각자의 신을 향해 기도를 하겠지.

그러다가도 또 죽음의 시간이 점점 다가오면 사랑하는 사람을 떠올리며 지나간 추억을, 아름다웠던 한때를 돌이켜보며 자신의 인생은 그래도 괜찮았다고 되뇌면서 스스로 천국으로 향하고 있지 않을까?

영화를 보면 대부분의 주인공은 스스로에게 좋은 점수를 매기며 끝나잖아.

나는 사실 교회에 가면 이곳이 천천히 가라앉는 잠수함 같다는 생각이 들어. 모두들 그곳에 차분히 앉아 다가올 죽음에 앞서 인생을 아름답게 여길 수 있도록 기도하고 죽음 앞에서 결코 경거망동하지 않을 것 같은 사람이 돼서 나오거든.

그러나 마지막 순간에 정말로 그런 인간을 본 적이 없어, 아직은. 비난을 하는 건 아니야.

단지 이렇게 고립된 상태로 다른 나라 호텔방에 앉아 일주일쯤 지내다보면 쓸데없는 생각이 왔다 가곤 하는데 그중에 하나일 뿐이야. 밥은…… 먹었지?

사실 내가 그에게 하고 싶었던 말은 마지막 문장 하나뿐일 것이다. 말을 마치자 어딘가 텅 비어버린 것 같았다. 나는 뛰는 가슴을 잠재우며 입으로 뱉어냈던 말들을 음식으로 채우기 시작했다. 주문한 룸서비스가 도착했고, 계속 수화기에 대고 말했고, 결국 바닥이 보일 때까지 말을 뱉었고, 먹었다.

그가 내 말을 듣고 있었는지 아닌지 기억이 나지 않는다. 어쩌면 중간에 전화를 끊었을지도 모른다. 단지 내가 알고 있는 것은 그가 한때, 내가 가질 수 있는 온갖 종류의 욕망을 건

드렸다는 것이다. 식욕과 성욕은 물론이고 평범한 안정 속에서 행복하게 아이를 키우며 살아가는 엄마가 되는 욕망까지도. 이전엔 가져본 적 없지만 누구나 가질 법한 욕망을.

나는 이토록 시시한 여자였다.

Airport, India

|

    그와 헤어지고 인도를 여행하던 때였다. 미국에 있는 이전 남자친구를 만나기 위해 서둘러 봄베이 공항으로 향했다. 함께 이민을 떠나 살자고 제안했던 그를 다시 만나려 어느 날 갑자기 눈을 뜨고는 인도에서 멀고 먼 미국까지 가야만 했는지 (아직도 정확한 이유를 설명할 수는 없지만) 그의 얼굴을 봐야만 알 수 있는 무언가가 있다고 확신했다.

    나는 봄베이 공항에 앉아 무작정 이륙시간을 기다리면서, 얼마나 많은 형형색색의 사람들이 이 공간을 돌아다니고 있는지를 깨닫고 당황스러웠다. 종교복 차림의 인도인들은 공항 곳곳에 차려진 힌두교당에서 무언가를 끊임없이 기도하며 향을 피우고 있었다. 그들은 마치 세상에 종말이라도 올 것처럼 몇 시간이고 같은 동작을 반복하며 기도하고 있었는데 그 장면을 보며 순간 나는 두려워졌다. 살면서 누군가에게 이토록 머리를 조아리며 사정해본 적이 있을까? 눈을 감고 몇 시간이고 반복해서 절하며 세상에 감사해본 적이 있었을까? 정말로 종말이 온다면 나는 누가 저 위로 데려가줄까?

그렇게 몇 시간이 흘렀다. 내겐 너무도 길고 긴 대기시간이었지만 그 누구도 두려워하고 있는 내게 다가와 말을 걸어주지 않았다. 어디로 가는지, 얼마나 기다리면 너의 비행기가 오는지 따위의 말을 걸어주는 사람도, 하다못해 눈을 마주치고 웃어주는 사람도 없었다. 잠시라도 평범하게 웃고 말하는 시간을 보내고 싶었지만 모두들 나와는 다른 색의 피부와 다른 색의 눈동자를 하고 알아들을 수 없는 언어를 사용하며 조용히 지나가거나 기도하기만 했다.

나만이 이 세상에 포함되지 못한 존재라는 생각이 들었다. 만약에 비행기를 놓쳐서 이곳에서 며칠 혹은 몇 달을 잠을 자고 밥을 먹고 어쩌다 힌두교당에 들어가 기도를 한다 해도 이 많은 사람들 중에서 아무도 내가 이곳에 존재하고 있다는 걸 알아차리지 못하리라. 이내 내 감정은 말할 수 없는 불안감과 상실감에 도달했다.

정확히 스물일곱 시간 후에 아틀랜타 공항에서 기다리고 있던 그의 얼굴을 보았다. 그는 절망의 순간에서 구원의 손길을 만났다는 듯이 갈구하는 눈빛을 보냈다. 나는 그 순간 봄베이 공항에서의 내 모습을 보았다. 이곳까지 날아와 머릿속에 새겨진 문장이라고는 고작

'세상은 끝까지 이럴 것이리라. 설사 그가 옆에 있다 해도'였다.

나는 그의 옆에 있어줄 수 없는 여자였다. 그는 내가 찾던 사람이 아니라고 확신했다. 미안하다는 말을 남기고 뒤돌아 다시 공항 안으로 돌아와 인도로 돌아갈 비행기를 기다리며 기꺼이 형형색색의 사람들 틈에 끼기로 결심했다.

|

|

|

나는 지금 인도의 어느 버스정류장에서 버스를 기다린다. 몇
분이 지나자 내가 탈 버스가 도착한다. 창문 밖으로 자신과
다르게 생긴 나를 바라보는 아이들이 보인다. 호기심 어린 눈
과 마주한다. 그 눈은 아이의 눈이자 동시에 나의 눈이다.
까만 얼굴밖에 없는 버스 안이라도, 비록 내가 여자 혼자이더
라도, 이곳의 두려움은 간단히 걷힌다. 여행은 계속된다.

Train to Marseille

|

기차 안은 여느 때와 마찬가지로 모든 것이 순조롭다. 일정하게 나는 증기관의 소리를 듣고 있노라면 내 인생도 순조롭게 흘러갈 것만 같은 편안함이 찾아온다. 그날 밤 효정과 나는 사랑에 대해 각자의 결론을 내렸다. 서로의 의견이 일치하진 않았지만 그 부분에 대해서는 우리가 늙어 다시 이야기해볼 수 있는 순간까지 묵과하기로 했다. 그럼에도 불구하고 우리의 의견이 일치한 부분이 있다면 사랑에는 대가가 불가피하다는 것이었다.

이번 열차 여행은, 핀란드에서 온 교사와 러시아의 다큐멘터리 감독과 함께였다. 두 여자는 인사를 나누더니 쉴새없이 말하기 시작했다. 그것은 대화를 나눈다기보다는 그저 자신의 말만 쏟아내고 있는 것처럼 들렸다. 나는 창밖을 바라보는 것처럼 자세를 고치고 앉아 선택의 여지없이 그들의 대화를 들었다. 핀란드 교사가 말한다.

"우리는 심지어 학교 급식을 할 때에도 유리처럼 생긴 플라스틱 용기를 사용하지 않아요. 대신 진짜 유리 식기를 사용하죠. 튼튼하고 좋은 유리를. 그럼에도 불구하고 물론 깨집니다. 어떻게 깨지지 않겠어요? 그러나 학년이 올라갈수록 그런 일은 줄어들지요. 어릴 때부터 가짜가 아닌 진짜 유리를 쓴 아이들은 식기를 어떻게 사용해야 하는지 배우게 됩니다. '이렇게 생활하면 깨지는구나' 사용하며 습득하게 되는 것이죠. 플라스틱 그릇을 마음껏 던지며 노는 다른 나라의 아이들과는 다른 식습관이 생길 것입니다. 음식을 대하는 자세 또한 완전히 다르죠. 결국 깨뜨리면서 배운다는 것이죠."

러시아에서 온 다큐멘터리 감독이 대답한다.

"갖는 것이 존재의 이유가 되는 사람들이 있죠. 그들 중에는 너무도 부유하고 곱게 자라서 남자가 되지 못한 남성들이 많고 너무도 넘치게 갖고 있어서 자신을 채우지 못하는 여자들이 많아요. 그들이 아이를 낳아서 기른다고 생각하면 정말 끔찍해요. 인간은 종족 번식에는 성공했을지 모르지만 결과

적으로 종족 개량에는 실패했는지도 모르죠. 이전의 남자들이 사냥을 하던 시절에는 적어도 성인병은 없었잖아요?"

전혀 다른 주제로 대화를 나누는 두 여자를 어이없이 바라보다가 그만 픽 웃음이 나왔다. 창밖을 하염없이 바라보는데 문득 러시아 여자가 말한 첫 문장과 핀란드 여자가 말한 마지막 문장이 귓가에 겹쳐 맴돈다.

갖는 것이 존재의 이유가 되는 사람들이 있죠.

결국 깨뜨리면서 배운다는 것이죠.

결국 대화가 되고 있던 건지도 모르겠군.

Marseille

|

마르세유 역에 도착했다. 역에서 내려 가장 먼저 보이는 자동차 렌탈 회사로 들어가 직원에게 가장 작은 차를 빌리고 싶다고 말했다.

"오토매틱과 에어컨, 내비게이션이 있는 차라면 아무거나 괜찮아."

"기간은?"

"얼마나 빌릴 수 있는데?"

"현재 오토매틱 카가 남아 있는데 시트로앵이야. 근데 예약이 되어 있어. 오 일 후에는 반납해야 돼."

"그래? 그럼 일단 오 일. 그리고 오 일 후에 다시 온다면 내가 빌릴 수 있는 차는 뭐가 있어?"

"오 일 후엔 빌릴 수 있는 차가 없어. 여름이잖아. 어째서 이런 성수기에 예약도 하지 않고 온 거야?"

어째서라는 질문을 던진 직원에게 아무 말도 할 수 없었다. 어제까지만 해도 내가 여기에 있으리라곤 생각도 하지 못했는걸.

"아무튼 운이 좋아. 갑자기 예약이 취소된 차였거든."

"그래, 고마워."

여행을 하다보면 언제고 크고 작은 문제들을 만나게 된다. 그런 일을 만날 때마다 드는 생각은 준비를 했다면 좋았겠지만 준비하지 못했다 하더라도 어떻게든 방법은 생긴다는 것이다. 나라는 인간은 언제고 상황에 만족할 줄 아는 작은 미덕을 가지고 있다고 생각해왔다. 하지만 왜 혼자일 땐 고맙게 지나갔던 일들이 둘이 되면 서운함으로 전락하고 마는 걸까. 사랑하는 이에게 왜 나 자신도 버거워하는 일들을 시키려 드는 것일까.

가까스로 대여한 자동차로 도로를 달리는 내내 생각했다. 자동차 따위는 내동댕이치고 차창 밖으로 넘실대는 지중해에 뛰어들어 헤엄치고 싶다고. 바다를 둥둥 떠다니며 하늘을 바라보다가 실컷 눈물을 만들어 바다로 흘려보내고 다시 아무렇지 않게 젖은 옷을 입고 운전을 하고 호텔을 찾아 잠을 잤으면 좋겠다고 말이다. 하지만 바닷가 도로를 아무리 달려도 주차를 할 공간 따위는 보이지 않았고 갑갑한 운전석에 앉아 멀어져가는 바다를 떠나보내는 수밖에 지금 당장 할 수 있는 일이 없었다.

다시, 밤이 되었다. 성수기에 예약도 하지 않은 채 남프랑스로 와서 아무 호텔에나 들어가 방을 잡을 수 있을 거라 기대했던 것이 바보였다. 들어가는 호텔마다 내가 쓸 수 있는 방은 없다고 했다. 포기하고 앉아 커피를 마시며 인터넷이 되는 곳을 찾아 방을 알아보려는데 옆에 앉아 있던 아주머니가 말한다.

"호텔을 찾는다고? 우리집 근처에 작은 호텔이 하나 있어. 나도 가끔 가서 수영을 하는데, 꽤 조용하고 괜찮던걸?"

"웬만한 호텔은 방이 다 찼더라고요."

"그 호텔은 사람이 붐비는 걸 거의 본 적이 없어."

"그래요?"

"한번 가봐. 여기서 차 타고 십 분만 올라가면 돼. 저기 주택가 옆 공원 뒤쪽으로 나 있는 길에 호텔이 하나 있거든."

New Hotel Bompard, Marseille

|

동네 주민의 도움으로 찾아간 호텔은 아늑했다. 주택가 안쪽에 있어 조용했고, 방은 아담하면서도 프랑스 가정집 같은 편안함이 있었다. 행운이라고 생각했다.

누군가와 함께 다시 이곳에 온다 해도 다시 머물다 가고 싶은 호텔이다. 내일 아침에는 수영을 해야겠다. 그런 생각을 하고 나니 오래전의 나로 돌아온 느낌이다. 여름을 좋아하고 서핑을 즐기던 건강한 아이로.

그때의 나는 살아 있다는 것을 느끼고 싶을 때마다 바다로 뛰어들었다. 바다가 없다면 욕조에라도 들어가 물속에 잠겨야 에너지를 받을 수 있는 인간인 것이다. 동물로 치면 물고

기형의 인간일 거라고 생각해왔다. 그렇게 물고기처럼 이 바다 저 바다로 흘러 다니며 깔깔대며 살면 좋겠다고.

그가 떠나고 나는 한동안 바다에 들어가지 않았다. 그와 함께 있어 살아 있음을 느끼던 바다로 다시 들어간다는 것은 내가 잊고 있던 이별 이후의 실체를 여실히 받아들이는 일같이 느껴졌다. 이제는 그 차가움을 알고 싶지 않았다.

파리에서 기차를 타고 마르세유로 와 하나 남은 차를 겨우 렌탈하고 기적처럼 얻은 호텔방으로 들어오고 나니 피로했다. 물밀듯이 잠이 쏟아졌다. 에어컨도 틀지 않고 깊이 잠들었다.

땀이 범벅이 된 채로 아침에 깨어나보니 찜찜함이 느껴졌다. 흥건히 온몸은 젖어 있었지만 수분이 마를 대로 말라 바닷가에 말려진 반건조 오징어가 된 기분이었다.

창문을 활짝 열었다. 이른 아침을 알리는 새들의 노랫소리에 그대로 이끌려 나와 주택가 사이사이를 거닐었다. 이국의 집을 구경하는 것은 언제고 재미있다. 개미굴 같은 한국의 아파트들과는 달리 각각의 개성이 있는 건물을 보고 있노라면 그 자체로 기분이 좋다. 정말 사람 사는 곳 같아서.

간혹 슬립을 입은 채 창틀에 걸터앉아 머리를 묶는 여성이 보이기도 하고 빼꼼히 얼굴을 문밖으로 밀고 부인 몰래 급하게 담배를 피우는 남자도 보인다. 이런 모습들을 보다보면 내가 사는 곳과 똑같은 사람들이 이곳에도 존재하고 있구나 여과 없이 알게 되지만 그것이 이 마을이 가진 신비감을 상쇄시키진 못한다. 이런 마을은 존재 자체로 신비감을 가진다. 낯선 곳이 주는 호기심 때문이 아니다. 단지 마르세유의 지중해가 내려다보이는 언덕 마을은, 내가 오랫동안 선망해온 공간이었다.

바다 소리가 들려오는 쪽으로 골목길을 돌았다. 그리고 점점 더 끝을 향해 걸어갔다. 언덕 끝으로 가면 바다가 보일 것이었다. 바다 소리에 귀를 기울인 채 조금씩 그 곁으로 걸었다. 결국 언덕 끝에 바다가 보인다. 이렇듯 높은 곳에서 은색 빛깔을 한 바다를 바라보고 있노라니 지체 없이 뛰어들어 깊은 물속으로 사라져버리고 싶은 욕망에 휩싸인다. 세상의 흉함으로부터 벗어나 저 아름다운 곳에 묻혀버리고만 싶은 마음이 생겨나는 경치.

"길을 잃었나요?"

누군가 묻는다. 흰머리가 난 정도로 보아 사십대 후반 내지는 오십대 초반으로 보이는 남자였다.

"아니에요."

"그럼 어쩌다가 이곳으로 왔죠? 여긴 출입금지구역이에요."

"그렇군요. 몰랐어요. 걷다보니 이곳이었어요."

"이곳으로 들어오는 길은 막아놨는데 대체 어디로 들어온 거죠?"

"기억이 나지 않아요. 정신없이 걷다보니 이곳이었어요."

"같이 가죠. 나가는 길을 안내해줄게요."

"고맙습니다."

그는 손에는 큰 가위를 어깨엔 물통을 짊어지고 있었다. 시골의 농부 같은 맑은 눈을 지닌 사람. 정원사로 보이는 그가 길을 안내하기 시작했다. 올 때는 보지 못했던 식물들이 무성했다. 살면서 본 적 없었던 기상천외한 모습의 나무와 유혹적인 향을 풍겨내는 어렵고도 야한 빛깔의 꽃들. 이런 것들을 본다면 아름다움에 마냥 경탄할 줄 알았는데 오히려 정신이 혼미해질 지경이었다. 익숙하지 않은 향내와 징그러울 정도로 원초적인 숲이란 내겐 아직 준비되지 않은 자연이었을까.

언제 이곳을 지나온 건지, 어떻게 보고도 모를 수 있었는지 납득이 되지 않았다. 기억을 더듬으며 겨우 깨달았다. 이곳으로 오는 길에 나는 오로지 바다만을 생각했던 것이다.

"아저씨, 이곳은 사유지인가요?"

"네. 개인 공원이지요. 허락된 사람만 드나들 수 있도록 지정해놓은 곳이고."

"정말 특별한 식물들이 많네요."

"겉보기에는 아름답지만 조심하는 게 좋을 거예요. 여긴 식인 식물의 서식지거든."

"식인 식물이요? 정말 그런 식물이 있나요?"

"식인 식물이 존재하냐고? 냄새만으로도 사람을 미치게 만들 수 있지. 그러다 그 향에 중독이 되고 나면 점점 액체를 분비해 사람을 녹이는 거요. 미친 사람의 뇌를 더 좋아한다는 말도 있고. 밤이면 이빨을 드러내는 꽃은 별다른 예고 없이 바로 잡아먹는다고도 하더군."

"혹시, 본 적 있으세요?"

"내 아내를 잡아먹었지. 시신이라도 찾고 싶었는데 결국 뼈 한 조각 안 남기고 삼켜버렸어. 여기서 이 짓을 하게 된 것도 다 그놈을 찾으려는 거요."

"그놈?"

"내 아내 잡아먹은 놈. 어떻게 생긴 꽃인지 내가 꼭 알아내고 말 거요. 내 아내는 참 꽃을 좋아했지요. 그래서 죽어버렸지만."

"꽃에 잡아먹히다니……."

"인생이란 게 그렇소. 결국 좋아하는 것에 잡아먹히는 게 인생이라오."

그는 걸음을 멈추더니 나를 가만히 바라보면서 손을 내 머리 위로 가져다대었다. 그러고는 가만히 눈을 감고는 손을 내 어깨에서 가슴으로 그리고 허리에서 배로 움직였는데 마치 몸속의 어떤 신호나 움직임을 따라 움직이는 것 같았다. 그가 손을 아랫배에서 멈추더니 한참을 그 상태로 가만히 있었고 나 또한 한동안 움직일 수 없었다. 알 수 없는 것에 이끌려 이곳에 왔듯 알 수 없는 힘이 그의 손에 존재한다고 느꼈다.

"당신 안에 있는 여자들이 적어도 열댓 명은 되겠군. 누군지 알겠나?"

"네? 제 안에 여자들이 있다니요? 무슨 말씀이세요?"

"잘 생각해봐요. 그들 때문에 당신의 사랑이 힘들었고 그들 때문에 당신 스스로가 힘들었는데 만난 적이 없다니. 다시는 이곳에 오지 마요. 그러다 그 여자들이고 당신이고 다 잡아먹히겠어. 그 여자들이 두렵겠지만 그녀들이 사라지면 당신도 사라지는 거야. 명심해요."

정원사는 그렇게 말하고 사라졌다. 그의 말에 긍정도 부정도 할 수 없었다.

나는 한때 진짜 삶이 오기를 간절히 기도한 적이 있었다. 되고 싶었으나 되지 못했던 여인들, 혹은 되기 싫었으나 내 안에 자리잡았던 여인들, 그들은 밤이면 한꺼번에 다가와 입을 벌려 욕망을 드러내고는 아침이면 다시 내 안의 깊숙한 곳 어딘가로 도망쳤다. 되고 싶었으나 되지 못했던 여인들의 수는 많아져갔고 나 자신 또한 점점 그녀들을 갈망했다는 것을 부정할 수 없었다.

호텔 레스토랑으로 들어가 커피를 주문했다. 다행히도 따뜻한 빵냄새가 마음을 안정시켜주었다. 빵 한 조각을 커피에 찍어 입안에 넣고 곁에 있는 신문을 펼쳤다. 불어로 된 신문을 이해하지도 못하면서 한동안 들여다보았고 신문의 마지막 장까지 넘기고 나서야 이전의 나를 찾아 수영장으로 갔다.

수영장이란 마치 죽은 바다처럼 고요하다. 예상치 못한 파도도 없고 물은 고여 있어도 생명의 탄생은 기대할 수 없다. 그곳은 일정한 양 만큼의 호흡과 신체의 움직임을 필요로 했다. 수영을 하고 방으로 돌아와 샤워를 마치고 나왔다. 몸은 가뿐했고, 걸음을 내디딜 때마다 향긋한 비누 냄새가 났다.

다시 배낭을 둘러메고 호텔을 나와 혹시나 하는 마음에 다시 숲을 찾아 걸었다. 분명 왔던 길로 똑같이 걸었으나 숲은 찾을 수 없었다. 정원사 또한 만날 수 없었다. 고작 오늘 아침의 일인데 몇 년 전처럼 아득해져만 갔다. 시간이란 이처럼 마음대로 흘러가 정신의 마디를 혼미하게 한다.

Calanques de Sormiou

|

내비게이션을 켜고 가까운 관광명소 하나를 클릭했다. 마르세유와 엑상 프로방스 중간 정도에 위치한 소르미유였다. 가벼운 마음으로 차를 몰았고 한 시간 즈음 지나 그곳에 도착했다. 갑자기 경찰이 앞을 막아섰다.

"예약하셨나요?"

"아니요. 예약해야 들어갈 수 있나요?"

"네. 예약한 차량만 들어갈 수 있어요."

"그럼 어떻게 들어가요?"

"걸어서 가야지요."

"아. 얼마나 걸어가면 되는데요?"

"글쎄. 산 잘 타요?"

이곳 소르미유는 산을 하나 넘어 걸어가는 트레킹 코스로 많이 이용되고 있는데 차 한 대가 겨우 다닐 만한 좁은 도로를 차로 지나갈 수는 있으나 예약을 하지 않은 차는 산을 넘을 수 없다고 했다. 오가는 차량이 많을 경우 길이 막혀 오도 가도 못하는 상황이 될 수 있을 거라며 불편하더라도 그렇게 약속을 지키면 도로를 확장하지 않을 수 있어 자연을 보호할 수 있다고 했다.

경찰은 한 시간 정도 걸어 산을 넘으면 바다가 나올 거라고 했다. 몇 가지 난이도가 다른 산길이 있었는데 나는 지나가는 차를 얻어 탈 수 있도록 도로 옆길을 택해 걸었다. 한 시간을 넘게 걸었지만 바다는커녕 작은 파도 소리조차 들리지 않았다. 끝을 가늠할 수 없이 굽이진 산길에 나는 혼자가 되었다.

찬연한 햇빛 아래 초록 식물들만이 늘어져 낮잠을 자는 듯 조용하다. 나는 이 대지 위 땡볕 아래를 걸어가는 단 하나의 사람이었다. 흘러내린 땀이 눈 코 입을 가로막아 제대로 앞을 보기 힘들었다. 그렇게 희미해진 세상은 마치 총천연색의 점묘화처럼 보였고 그림 속 세상이 물과 소금기로 범벅이 된 나의 몸을 받아주는 듯했다.

차 한 대가 선다. 얼굴이 갈색빛으로 그을린 건장한 남프랑스 남성이 차창 너머로 얼굴을 내밀며 내게 말했다.

"탈래요?"

"당연하죠."

다행이다. 사내는 바닷물을 비틀어 짠 듯 짠물을 뚝뚝 흘리는 내 꼴을 보더니 아이스박스에서 물 한 병을 건넸다. 진심으로 그가 고마웠다.

절경이 이어진 꼬불꼬불한 길을 가다가 반대쪽 차와 정면으로 마주치면 교행을 위해 서로 멈추어 섰다. 남자는 익숙한 듯 상대방 운전자에게 멈추어 있으라며 손짓하고는 살짝 자동차를 움직여 후진을 했다. 차를 반쯤 도롯가에서 뺀 우리 차 옆으로 반대편 차가 조심스레 지나가며 손인사를 했다.

우리 차는 다시 올라 산의 정상에 도착했고 이내 내리막길로 들어섰다. 이 모든 것을 능숙하게 하는 그의 옆모습을 바라보다 말을 걸었다.

"길이 하나밖에 없어서 운전하기 불편하겠다."

"그래서 예약을 하는 거야. 일정량 이상은 통제해야 사고가 안 나니까."

"대체 이곳은 어떤 곳이길래 이렇게까지 통제를 하는 거야?"

"정말 아름다운 곳."

"이 동네 살아?"

"아니. 나는 엑상 프로방스에 사는데, 주말이면 여기로 낚시를 하러 와."

"여기까지? 그쪽에도 가까운 바다는 있지 않아?"

"어느 곳도 이곳 소르미유만큼 아름답지는 않잖아. 부두에 배를 세워두고 가끔 친구들하고 모여 물고기 잡아."

"아. 엑상 프로방스는 여기서 얼마나 걸려?"

"한두 시간이면 충분해. 주말이라도."

"아. 오늘이 주말이구나. 여기엔 나처럼 지나가는 사람이 많나봐?"

"예약 안 하고 온 사람들은 트레킹 복장을 하고 오는데 아가씨는 트레킹 복장이 아니니 차를 얻어 탈 사람이라고 생각했지."

멀리서 푸른빛으로 넘실대는 바다가 보였다.

"고마워."

"마이 플레저. 혹시 낚시하러 가고 싶으면 같이 갈래?"

"낚시?"

그의 눈동자를 바라보았다. 건강하고 단단한, 그리고 악의 따위는 없어 보이는 선한 눈동자였다. 주말마다 지중해 바다에서 낚시를 하며 먹음직스러운 초콜릿색으로 피부를 그을린 사내는 여러 사람들을 만나며 태양 아래 아이스크림처럼 녹아내릴 듯한 배려심을 만들었을 것이다.

"그래. 좋아. 가자."

차에서 내려 땅에 발을 딛고 바다를 바라보았다. 산과 산 사이를 비집고 들어온 바닷물은 작은 몸짓으로 파도를 만들며 해변으로 모래를 쓸어다놓았고 산과 산이 이어져 생긴 여성의 가슴골 같은 굴곡은 그렇게 찾아온 바다를 환영하는 듯이 안아주고 있었다. 그 사이 어딘가에선 사람들이 산과 바다 사이에서 꿈틀거리며 살아 있음을 증명했다.

작은 배는 통통거리며 잔잔하고 깊은 곳으로 향했다. 배 안에는 그의 친구 두 명이 더 있었는데 모두 사내들이었다.

"안녕."

"어이. 잘 있었어? 여긴 오늘 만난 여행객. 혼자 온 것 같아서 데려왔어."

"잘 왔어. 여행중이야?"

내겐 뜻하지 않은 행운이었지만 친구들에겐 늘상 있는 일인 양 자연스러웠다.

"응. 여행중이야."

"여긴 어떻게 알고 왔어? 내가 보아왔던 모든 것들 중에 가장 아름다운 풍경이거든. 이곳 소르미유는."

그 옆의 사내도 말한다.

"그래서 매주 이곳으로 오는 거지."

"낚시는 잘돼?"

"응. 고기는 잘 잡히는 편이야. 그런데 고기 잡는 게 목적은 아니야. 어차피 어린 물고기는 다시 놓아줘야 하니까. 우리는 멀리 나가서 바다 수영하는 게 목적이지."

"바다에 들어갔다 오면 십 분도 안 돼서 옷이 마르니까."

그는 그렇게 말하고는 바다로 뛰어들어가 배 주변을 돌고 래처럼 한 바퀴 돌더니 다시 올라왔다. 그가 올라오니 또다른 친구가 다시 뛰어들어 헤엄을 친다. 돌고래들의 축제. 그들에게는 가꾸지 않아도 자연스럽게 흘러나오는 건강한 에너지와 순수한 활력이 가득하다. 그 에너지가 내게도 전해져 깊고 무거운 감정의 늪에 빠져 있는 상태에서 벗어나 팔팔한 바다에 뛰어들고 싶은 욕망에 휩싸인다.

그의 친구가 맥주를 따서 내게 한 병을 건넸다.

"고마워."

망망대해 위에서 노닥이며 맥주를 마시고 있으려니 아침의 일들은 먼 과거와 같이 느껴진다.

"저기. 혹시 식인 식물을 본 적이 있어?"

"식인 식물? 그런 게 정말 있는 거야?"

"그런 건 왠지 바다 밑에 살 것 같은데? 바다에 빠진 사람들이 어떤 식물에 갇혀 영영 돌아오지 못한 채 그 안에 살아야 한다는 이야기를 들은 적이 있어."

"정말? 마치 그물에 걸린 사람 같네."

"그 안에서는 숨을 쉴 수 있대. 그래서 사람은 식물이 먹은 단백질에 기생해가며 생명을 연장시킬 수 있다는 거지. 하지만 결국 얼마 못 가 죽게 된대."

인간을 잡아먹는 식물과 그 식물에 기생하며 살아가는 인간에 대해 생각한다. 식물에 기생하고 있는 인간이란 어쩌면 존재의 미비함을 인정하고 혼이 빠져 죽어버린 것이 아닐까. 어차피 인간이란, 자연에 기생하며 살아가고 있지만 그 사실을 알지 못하는 오만한 존재가 아니던가.

멀어져가는 산을 바라보았다. 그들은 오직 태양 하나로 만족하며 초록 무성한 잎사귀들로 태양에 보답한다. 그리고 극진히도 인간을 보살핀다. 그러니 저 속에 식인 식물 하나쯤 있는 것도 뭐 그리 이상하지는 않을 것이다. 자신을 베러 오는 사람을 먹어버리는 식물이라면 그저 제 할 일을 하고 있는 것일 테니까.

어느덧 산 사이로 해가 멀어져가자 석양을 풀어놓은 오색 바다가 시작되었다. 시집가는 처녀의 저녁같이 수줍은 빛이다.

그들은 나를 주차장까지 데려다주었다. 나도 모르게 한국식으로 꾸벅 인사를 하고 내 차로 돌아와 시동을 걸었다. 이제 어디로 가야 할까. 우선은 해가 멀어진 쪽을 따라가보기로 했다. 깜깜해지기 직전의 석양은 주황빛 여성의 본색으로 완연했다. 자신을 지표 삼아 다가오는 나를 따뜻하게 받아줄 것만 같은, 그래서 그 안으로 들어가고 싶어지는 다정한 빛깔의 하늘.

Aix-en-Provence

|

'세잔 마을'이라는 팻말이 보였다. 나는 세잔 호텔로 들어가 방이 있냐고 물었다. 한시라도 빨리 짐을 내려놓고 마을을 돌아보고 싶었다. 차를 내다버리고 싶을 만큼 배도 고팠다. 주말이라 그런지 거리의 사람들은 꽤나 경쾌했다.

야외 테이블이 있는 레스토랑에 자리를 잡고 레귐그리에 (야채구이)와 와인을 주문했다.

레스토랑 앞 분수대에 주말을 맞이한 주민들이 삼삼오오 모여 맥주를 마신다. 주변을 흘깃거리는 나와는 다르게 그들은 이곳의 아름다움을 당연하게 여기며 여기서 태어난 행운을 증명하는 듯한 웃음들로 분수의 물소리를 덮는다. 맞은편 건물 3층의 테라스에서는 크리스마스 때나 볼 법한 화려한 색등으로 장식을 하고 파티를 즐기는 이들이 보였다. 단정할 수 없으나 그들은 행복할 것이다.

쟁반을 들고 웨이터가 다가온다.

"안녕. 너의 저녁이 배달되었어."

"고마워. 근데 혹시 저 집을 알아? 저기 파티중인 집."

"피에르 씨네 파티야. 주말에 사람들이 자주 모이지."

저 안의 사람들은 어쩌면 저렇게 행복할 수 있을까? 어떤 파티가 열리고 있을까? 주말 파티이거나 누군가의 생일일까? 분수대가 내려다보이는 집에 살면서 맞이하는 세잔의 주말은 어떨까? 이방인이 벨을 누르고 '지나가는 행인입니다. 한잔 마시고 가면 안 될까요?'라고 한다면 안으로 들여보내줄까?

여러 번 고민을 거듭했고 여러 상황을 가정한 뒤 그 집으로 찾아가 벨을 눌렀다.

"어서 와요. 잘 왔어요. 어서 들어와요."

누군지 묻지도 않고 어서 들어오라니. 내가 더 당황스럽다.

"일단 한잔해요. 레드 와인? 시원한 화이트? 아니면 샴페인으로?"

"고맙습니다. 전 화이트 와인 마실게요."

"어디 마음에 드는 곳에 앉아요."

"네. 고마워요."

녹색 의자에 앉아 거실에 가득한 사람들을 바라보았다. 자연스럽게 서로 어울리고 있는 사람들과 달리 나는 불안했다. 그들은 내가 이중 누군가와 친구일 거라고 생각하는 걸까?

한 남자가 다가온다. 어떻게 왔느냐 물으면 뭐라고 대답해야 할까? 고민하며 머리를 고쳐 묶었다.

"안녕?"

"아, 안녕."

"난 아벳이야. 넌?"

"난…… 폴린이야."

그 순간 나도 모르게 그녀, 폴린의 이름이 나왔다. 삼십 년 넘게 불려온 내 이름이 생각이 나지 않을 줄은 몰랐다. 하지만 어차피 며칠이면 잊힐 객의 이름이었다.

"폴린, 반가워. 넌 어디서 왔어?"

"난 한국 사람이야."

"무슨, 안 좋은 일 있어?"

"아니? 왜?"

"내가 말 시키는 걸 불편해하는 것 같아서."

"아니. 그건 아니야. 미안해."

"미안해할 필요는 없어. 하하하."

"저기 사실은……"

"사실은?"

"사실, 난 여기 누구에게도 초대받지 않았어. 단지 건너편 식당에서 밥을 먹다가 사람들이 모여 있는 게 부러웠을 뿐이야. 궁금하기도 하고. 그래서 벨을 눌렀는데, 물어보지도 않고 들어오라고 하지 뭐야. 그리고 술도 주셨어. 마음에 드는 의자에 앉으라고도 했고. 그래서 난 말이야……."

"그만, 그만. 여긴 파티하는 곳이야."

"응?"

"누구든 들어와서 즐기다 가면 그만이라고."

"응……. 그렇구나. 고마워."

"하하. 고마워할 필요는 없어. 내 술도 아닌걸 뭐."

이제야 고개를 들어 그를 똑바로 바라보았다. 그는 당장이라도 손을 잡고 싶은 따뜻한 눈빛을 가지고 있었다. 그가 먼저 내 손을 잡고, 한 여자에게로 데려갔다. 갈색 머리, 단단한 어깨에 정돈된 몸매를 가진 여자에게로.

"여긴 폴린이야. 한국에서 왔어. 여긴 사라야. 우리 누나고."

"안녕?"

그녀는 내 볼에 자신의 볼을 가져다 대며 비쥬(bisou)를 한다. 역시도 금방이라도 안기고 싶은 포근한 체취를 가진 여

자. 그녀가 묻는다.

"이 멀리까지는 무슨 일이야? 여행? 아니면 출장?"

"여행중이야."

"역시나. 그렇구나."

"역시라니?"

"네 얼굴에 출장을 다니는 여자의 얼굴은 없거든."

"하하. 그런 얼굴은 어떤 건데?"

"글쎄. 고단함과 지겨움?"

"그렇구나. 그럼 난 어떤 얼굴인데?"

"넌…… 뭐랄까, 아무것도 없어."

"뭐라고?"

"네 얼굴은 마치 비어 있는 것 같아."

그럴 리가 없었다. 내 얼굴은 슬픔 혹은 두려움으로 가득 차 있을 텐데 그녀의 말에 대해 다시 생각할 겨를도 없이 아벳은 나를 테라스로 데려갔다. 방금 전까지 아래서 올려다보았던 그 테라스로.

"저기서 밥을 먹다 올라온 거야?"

"응."

"밥은? 먹었어?"

"떨려서 못 먹었어."

"어째서?"

"여기 올라와 벨을 누를 생각을 하니까 떨려서 술만 먹히더라고. 그래서…… 사실 와인 한 잔을 시켜서 거의 한입에 털어넣다시피 하고 올라왔어."

"하하하. 다시 내려갈까?"

"다시 저기로?"

"여긴 먹을 만한 건 없잖아."

"아니야. 괜찮아."

"괜찮긴. 빈속에 술만 마시면 안 좋아."

다시 그와 손을 잡았다. 불과 삼십 분 전만 해도 모르는 사람에 불과했던, 길 가다 마주친다 해도 눈길을 주었을지조차 불분명한 인간, 그러나 지금은 내 손을 잡고 누나를 소개해주고 테라스에서 와인을 마시다 다시 계단을 내려가 레스토랑을 향해 함께 걸어간다. 그는 나를 향해 눈웃음을 지었다. 그러고는 다시 고개를 돌려 앞장선다.

수많은 사람들 속에서 혼자가 아닌 둘이 되었다. 동시에 여러 감정들이 밀려왔다. 누구인지 모르는 사람에 대한 설렘, 불안함 그리고 두려움. 혼자서 프로방스의 밤을 보내지 않을 수 있다는 안도감이.

"그런데…… 나한테 왜 이러는 거야?"

"뭐가? 내가 뭘 잘못했어?"

"처음 본 나한테 말을 걸고, 누나를 소개시키고, 밥을 먹자고 하고, 또 이렇게 같이 걷고."

"흠. 파티에 사람은 많지만 말을 걸고 싶은 사람은 너밖에 없었고, 네가 그중 아무도 모른다는 걸 불안해하는 것 같아서 만만한 우리 누나를 소개시켰고, 네가 밥을 먹지 못했으니까 밥을 먹자고 한 거지. 그뿐이야."

그는 정말이지 정답만을 말한다. 아벳에게 물었다.

"몇 살이야?"

"나? 서른."

"여기 나이 서른?"

"그럼 여기 나이 말고 다른 게 있나?"

"아. 우리나라는 좀 다르게 세거든. 그러니까, 그럼 84년생이라는 거지?"

"아니. 85년생."

"아. 생일이 아직이구나."

"너네 나라는 어떻게 세는데?"

"우리나라는 배 속에 있을 때도 생명이라고 치는 거야. 그래서 태어나는 순간 한 살이 되지. 그리고 생일에 상관없이 학년이 같으면 다들 같은 나이를 말해."

"복잡하네."

"복잡한 게 싫어서 만들어진 건데, 오히려 복잡하게 되었지."

"하지만 정말 아름답다. 배 속에 있을 때에도 생명이라고 치는 것. 그래서 나이를 쳐주는 것."

"그런가? 그걸 아름답다고 생각한 적은 없었는데."

"네가 세상에 보이지 않아도 존재를 인정해준 거잖아."

"그렇게 생각하니 무척이나 아름답다. 그런데 난 믿지 않아. 눈에 보이지 않는 것들. 그것들을 믿다가 난 이렇게 되어 버렸거든."

"어떻게 되었는데?"

"아까 누나 말 못 들었어? 텅 비었다고 했잖아. 나는 삼십이 년을 살았지만 결국은 텅 빈 여자가 되어 있는 거야."

"누나 말뜻은 굉장히 좋은 거였어. 네 얼굴에서 아무것도 유추하기 힘들다는 거였지. 사실 나도 그래서 네게 끌린 것 같고."

"애써 좋게 설명하지 않아도 괜찮아."

"진심이야. 어떤 사람이라고 쉽게 판단할 수 없는 얼굴. 그런 건 대체로 좋은 의미라고."

나는 아벳의 얼굴을 물끄러미 바라보았다. 그와 이별한 후

오랫동안 여러 곳을 여행했지만 '나'라는 사람을 두고 이렇게 많은 대화를 한 것은 처음이었다. 줄곧 그에 대해서만 생각했고, 그에 대해서만 말했다.

"사실은 사랑하는 사람과 헤어지고 여행중이야. 내 안에 있던 기억들을 지우려고. 그런데 그게 참 힘드네. 눈을 뜨면 내 몸은 무조건 새로운 공간으로 이동하고 있는데 내 생각은 여지없이 과거의 특정 장소로 향하는 것 같아."

"과거로 가야 제대로 지울 수 있기 때문이 아닐까? 과거로 다시 가서 본 그때의 너는 어때? 다르게 보이지 않아?"

과거의 기억들이 몰려올 때 나는 모든 것이 나의 착각이었다고 생각했다. 내가 믿었던 것들은 애초에 그곳에 없었다고. 나는 존재하지 않는 것들을 믿고 있었다고.

그렇게 생각하는 게 편했다. 어릴 적 산타할아버지의 존재가 사실은 아빠라는 것을 알아버렸을 때 나는 어른들의 유치한 거짓말에 화가 나 잠을 자지 못했다. 잠든 틈에 내 방에 들어와 빨간 양말에 선물을 넣고 갔으면서, 아침이 되면 '산타할아버지가 주신 선물은 맘에 드니?' 하고 묻는 엄마까지 포함해서 모든 것이 어른들이 만들어낸 거짓말이라는 사실에 배신감을 느꼈다. 그렇게 잠을 자지 않고 산타할아버지의 진실을 밝혀냈지만 분노도 잠시, 선물이라는 현실 앞에서 다시 허물어지고 말았다. 아무것도 모르는 척 포장을 풀며 무엇이 들었는지 기대하면서 나는 내가 알아낸 진실을 다시 이전의 몰랐던 세계로 돌려보냈다.

성인이 된 이후 나는 사랑이 세상에 남아 있는 마지막 진실일 거라고 믿었다. 하지만 다시 한번 속았고, 그런 나 자신에게 화가 나 참을 수가 없었다. 결국 모든 믿음과 거짓말은 방심한 틈을 뚫고 들어오는 것일까. 착각을 착각이 아니라고 믿고 껴안을 수 있는 기간만이 사랑에 빠져 있는 시간일까.

사랑이라는 감정은 산타할아버지의 존재처럼 사실은 존재하지 않아서 그물에 걸리듯 '빠졌다'고 표현되는지도 모른다. 나는 궁금했다. 사랑은 대체 무엇일까. 들었고,

보았다. 나는 분명 그것을 만져보았다. 그러나 사라졌다. 그렇게 사라진 감정은 어디로 가는 것일까? 분명히 내게 존재했던 그것들은.

"사랑은 하나의 끈으로 이어져 있어. 그 하나의 끈을 계속해서 엮어나가는 거야. 한 번 끊어질 때마다 사랑이 없어졌다고 믿어버리면 사랑에 도달할 수 없어. 결국 네가 하는 사랑은 어떤 색도 아닌 너의 색을 띠게 되지. 원래부터 끈은 스스로 만들고 엮게 되어 있는 거야. 사랑을 마음 안에 가지고 있는 시간이 오래될수록 긴 끈을 갖게 되는 거야."

"그런 건 언제 알 수 있는데?"

"숨이 멎을 때 그 끈을 가지고 원하는 곳으로 가서 별이 되
겠지. 그 끈 안에 엮인 이들을 너의 별로 불러들일 수도 있어.
끈의 길이만큼 너의 구심점을 가지고 우주를 여행할 수도 있
지. 사실 사랑의 끈은 사후에 너에게 큰 자유와 영예를 안길
거야. 사람이 지구에 남길 거라곤 사랑밖에 없는지도 몰라."

그는 그렇게 특유의 몸짓으로 테이블 의자를 빼주었다. 그
러고는 말없이

　　　　　　　　키스를 했다. 미끈한 생선이 입속으로 들어와
움직인다. 눈을 감아버릴 수밖에 없다. 그는 도발적인 입술을
가졌다.

"너 참 묘상하다. 막상 키스를 하기 전에는 원했다고 느꼈
는데 입술이 닿고 혀가 들어가 네 혀를 감싸는 동안은 네가
원하고 있는 건지 아닌지 가늠하기가 힘들어."

"근데 왜 계속했어?"

"궁금했어. 네가 정말 원하는지 아닌지."

"궁금하기만 했어? 네가 원했던 건 아니고?"

"당연히 나도 하고 싶었지. 그러니까 네가 어떤지 궁금했던
거고."

"어떤 쪽 마음이 더 컸는데? 내가 원하는지 궁금했던 쪽과

네가 하고 싶었던 쪽 둘 중에?"

"글쎄, 겨우 고작 키스를 그렇게까지 심각하게 생각해야 되는 거야?"

그 순간 화가 났다. 궁금함으로 똘똘 뭉친 남자의 표정을 보며 둘 중에 무엇이 더 큰 감정이었는지는 사실 물어보지 않아도 알 수 있었다. 하지만 사랑에라도 빠진 것처럼 움직이는 몸짓과 눈빛 앞에서 그저 확인하고 싶었던 것이다.

"너 말이야, 망쳐보고 싶은 욕망이 생기는 여자야. 얼굴이 말갛다고 해야 할까? 순수하고 중요한 보물을 가지고 있을 것 같은 얼굴."

"그래서 망쳐보고 싶다는 거야?"

"물론 그래서 망쳐보고 싶은 거지. 이미 망쳐진 사람에겐 그런 것은 없으니까. 사실 남자들은 그런 걸 손에 넣고 싶어 하는지도 몰라."

"정말로 보물이 있다고 믿는 거야? 결국 손에 넣은 것은 다 사라져. 아직 갖지 못한 것들만 그대로 그 자리에 남겨지지. 부자들은 그걸 몰라. 남자들도 그걸 모르지."

그가 다시 물었다.

"여자들은 그걸 아는 거야?"

대답하기 곤란했다. 여자는 좀더 복잡하다. 정말 잘난 남자들은 내가 지키고 싶은 부분과 내게 남아 있는 가장 소중한 부분까지 찾아내어 소유하기를 원했다. 그것을 주어버리면 여자는 텅 비어버리는데도 그들은 끝끝내 그것을 손에 쥐고야 만다. 모든 것을 잃는 것이 두려워 부러 못난 남자 옆에 있어보기도 했지만 아이러니하게도 나는 그에게도 가장 중요한 부분을 꺼내 내 스스로 그의 손에 쥐여주는 것이었다. 결국, 사랑이란 가장 깊은 곳의 알맹이를 꺼내 가기 마련이었다.

우리는 연어구이와 샴페인을 시켰다. 그리고 샴페인과 연어로 시작된 화제를 다시 바다의 생물들로 이어갔다.

"돌고래에 관한 기사를 읽었어. 한 동물학자가 돌고래에게 사람의 의사 인지능력을 발달시키려고 돌고래에게 영어를 가르치면서 집중력을 높이기 위하여 자위를 시켜주었대. 얼마 못 가 연구에 대한 지원은 끊겼고 그 돌고래는 수족관으로 돌아갔지. 그리고 어떻게 되었을 것 같아?"

"설마 그사이에 영어를 습득했다거나 뭐 그런 건 아니지?"

"하하. 너 정말 낙천적이다."

"내가?"

"응."

"그런 말을 들은 건 태어나 처음이야. 난 항상 사람들에게 말없이 조용히 상념에 빠져 있는 이미지로 그려지거든."

"아냐. 넌 네가 아는 것보다 훨씬 더 낙천적이야. 그 돌고래는 동물학자가 찾아와 안아준 어느 날 그녀의 품안에서 숨쉬기를 멈추고 그대로 자살했다고 해."

"돌고래는 사랑을 했구나."

"처음으로 자신의 욕망을 바라봐준 존재를 만났다가 다시 돌고래 수족관 신세가 돼버린 현실을 비관한 거지."

"잔인하다. 사람들은."

"자신들이 보고 싶다고 수족관에 넣어 쉽게 볼 수 있는 곳에 두다니. 겨우 이런 잔인한 세계에 살고 있는 거야. 우리들은."

"사람들은 생명을 가둬두고 보는 것을 즐거워하는 걸까?"

"그럼. 그래서 영화관에 가는 거잖아."

나는 영화를 보지 않는다고 거짓말을 했다. 실제로 일 년 넘게 한 편도 보지 않았으니 크게 죄책감을 느끼지는 않았다. 다만 아벳이라는 도발적인 인간과 영화에서나 볼 것 같은 밤을 보내고 있다는 것에 들떠 지금껏 살면서 가장 좋아했던 일 두 가지인 영화와 서핑 중 하나를 부정하는 자신을 발견했다. 나 자신에 대해 의문이 들기 시작했다. 내가 살면서 발견한 가장 흥미로운 것들을 앞으로도 계속 부정하며 살 수 있을지에 대해. 그러고 보니 바다에 들어가지 않은 지도 일 년이 넘었다. 그러니까 그가 떠나고 나자 내가 인생의 의미를 발견할 정도로 좋아했던 두 가지 취미도 그와 함께 떠난 것과 다름없었다.

나는 자리에서 일어나 도망치듯 호텔로 돌아왔다. 영화 〈비포 선라이즈〉의 줄리 델피가 파리로 가는 길에 낯선 남자를 만나 비엔나 역에서 조심스레 그의 손을 잡고 내리는 장면에서, 난 단 한 번도 그녀가 용기 있다고 생각해보지 못했다. 같은 여자로서 단지 부럽고 나도 저런 여행을 해보고 싶다고만 생각해왔을 뿐이었다. 어쩌면 그런 상황이 누군가를 거쳐 내게 돌아온다 했을 때 가장 중요한 것은 자신에 대한 확신이 아닐까.

나는 여전히 지나간 그에게 머물고 있었다.

엑상 프로방스 같은 아름다운 곳에 머물면 현실 감각이 사라지고 만다. 세잔의 그림 속 풍경을 마주하며 홀려버릴 것 같은, 그래서 영영 현실세계로 돌아가지 못할 것 같은 불안감으로 자욱한 공간.

간밤의 꿈에서는 커다란 꽃에게 붙잡혀 노란 꽃 이파리 속으로 빠져들어 허우적거리다 꽃술이 머리를 덮을 때쯤에서야 눈을 떴다. 깨고 나서는 한참 동안 꿈에서의 기억이 남아 숨이 막혔고 그만한 압박감이 들었다. 짐을 싸서 이곳을 떠나기로 했다.

　새벽바람을 맞으며 차를 몰았다. 때마침 일출이 시작되었다. 바람에 이끌려 화가의 손끝으로 밀려나가듯 차는 앞으로 돌진했지만 풍경은 모든 것을 잠식시킨다. 문득 이런 생각이 찾아들었다. 어쩌면 과거에서 벗어나기 위해 아무도 찾지 못하는 미지의 세계로 가고 있는지도 모른다고. 나를 아는 사람들이 살지 않는 곳으로 가고 싶었다. 그러면 이전의 내 모습을 버릴 수 있을지도 모른다.

Avignon

|

아비뇽에 성곽으로 둘러싸인 마을이 있다. 성곽은 너무 커서 아침부터 오후까지 돌아다녔는데도 길을 찾을 수 없었고 결국 안에서 빙빙 하루를 꼬박 돌다 나오니 생베네제 교가 보였다. 오랜 시간이 지났는데도 끊어진 다리는 어째서 저렇듯 반듯이 누워 강물을 이어줄 것처럼 버티고 있는지 나는 이해할 수 없었다. 끊어진 다리를 보며 미완성이라는 생각이 들지는 않았다. 그 자체가 완성이라는 생각에 더없이 슬퍼져 눈물이 펑펑 쏟아져 내렸다.

연인과 헤어져도 곧 다음 사랑이 찾아오리라고 굳게 믿었던 시절, 또 누군가와 이별이 두렵지 않았던 시절, 나를 위해 존재하는 것이 있다고 믿었던 시절이 있었다. 그때 감정이 처음 생길 때 만들어지는 설렘을 금세 사랑이라고 믿어버리곤 했다. 이별했다 할지라도 다시 기운을 차리고는 기다렸다. 음악에 빠지고 눈물을 흘리며 영화를 관람하고 친구들을 만나 수다를 떨며 술에 취했다. 그렇게 시간을 보내다보면 언제 시련을 겪었냐는 듯 원래대로의 나로 돌아와 있었고

새로운 시작은 어디서든 마음먹기에 달려 있다고 생각했다. 그리고 실제로 그렇게 되는 것 같았다.

그가 떠나고 나서부터는 달라졌다. 나의 슬픔이 떠나가고 그를 잠식했던 슬픔의 이유를 짐작하기 시작했다. 곧 두 사람분의 슬픔이 밀려왔다. 이전까지의 나는 사랑이란 상대방의 슬픔까지도 짊어져야 한다는 것을 몰랐었다. 상대방의 슬픔까지도 곱씹고 나야 무엇이 잘못된 건지 내가 아는 건 무엇인지 모르는 것은 또 무엇이었는지 제대로 짐작할 수 있었다. 만났던 기간의 두 배가 넘는 시간을 아파했고 영화를 볼 수도 친구를 만날 수도 마음껏 술에 취할 수도 없었다. 그의 슬픔을 곱씹는 순간 속에는 마치 그가 함께 존재하는 것처럼 느껴지는 순간이 들어 있었다. 마치 그를 실제로 보는 듯해서 가

끔은 그가 떠났다는 것마저도 잊어버리는 순간이었다.

밤이 되었다. 골목 바깥으로 삐죽 나온 작은 간판이 보였다. 허름한 호텔이었다. 호텔 1층 카운터에 앉아 있던 할아버지가 열쇠를 건네주었다. 낡은 인형 장식이 달린 열쇠고리에는 방 열쇠와 현관문 열쇠가 함께 걸려 있었다. 인형은 마치 울다 지쳐 웃는 피에로 같은 얼굴로 내게 방문을 열어주었다.

옆 건물에 보이는 방에는 마치 내 방 창문처럼 창문이 가까이 붙어 있었고 그 창 앞에 낡은 책상 하나가 놓여 있었다. 그리고 오래되어 삐걱거리는, 싱글사이즈라기에도 모자라는 침대 하나가 책상 옆으로 놓여 있었는데 내가 태어나기 훨씬 전부터 누군가 사용했을 법한 그런 침대였다. 이 침대를 지나왔을 수많은 연인들을 생각하니 웃음이 났다. 그들은 아마 한쪽이 침대에서 떨어질까봐 꼭 끌어안고 잤을 것이다. 창밖에서는 사람들이 삼삼오오 어울려 취해가고 있는 소리가 들렸다.

나도 여독을 풀어야 할 것 같아 옷을 갈아입고 나가려고 했지만 마땅한 옷이 없었다. 어느덧 집을 떠나온 지도 세기 귀찮을 정도로 오래 지났다. 여름이라도 며칠씩 입고자 다짐했던 옷들에서 도저히 입을 수 없을 만큼 심한 냄새가 났다. 반쯤은 젖어 눅눅하고도 무거워진 옷을 커다란 천가방에 싸들고 나와 거리를 걸었다. 얼른 세탁을 해 보송보송해진 옷으로 갈아입고 싶었다. 골목에는 프랑스다운 저녁식사를 뽐내는 식당들이 즐비했지만 홀로 빨래를 해야 하는 나 같은 관광객에겐 모진 광경으로만 눈에 들어왔다. 몇몇 따뜻한 조명이 반짝이는 식당들을 외면하기보다는 세탁기에 빨래를 돌리고 기다리는 시간 동안 그곳으로 가리라 마음먹었다.

광장 뒤편의 작은 골목길에서 모퉁이를 도니 다행히 환한 불빛의 빨래방이 보였다. 안에서 한 노인이 세탁기 속에서 빨래를 꺼내 가방에 담고 있었다. 재빨리 뛰어가 빨래방의 유리문을 열어보려 했으나 문은 안쪽으로도 바깥쪽으로도 열리지 않았다. 나는 매번 잡아당기시오 라고 하면 밀고, 미시오 라고 하면 잡아당기는 타입의 여행객이었지만 이번에는 양쪽 다 아니었다.

노인은 시계를 한번 보더니 손가락으로 시계를 가리켰다. 입구에는 아침 여덟시부터 밤 열시라는 안내문이 걸려 있었다. 가방을 다 싼 노인이 문을 열어주었다. 다행히 안쪽에서는 열리는 문이었던 것이다. 텅 빈 빨래방 안에서 옷가지를 집어넣고 앉아 돌아가는 세탁기를 바라보았다. 그사이 식당에 다녀온다면 내일 아침에나 빨래를 가지러 와야 하지만 그렇게 한다면 내일 입을 옷은 젖어 있을 것이다.

세탁기는 오른쪽으로 세 번 다시 왼쪽으로 세 번, 그리고 다시 오른쪽으로 세 번 왼쪽으로 세 번 돌아간다. 정확히 반대편으로 다시 돌아가는 것이다. 그렇지 않으면, 그러니까 오른쪽으로 세 번 왼쪽으로 한 번 다시 오른쪽으로 네 번 왼쪽으로 한 번씩 돌아갔다가는 순서가 엉켜버리는 것일까.

　내가 처음 사랑에 빠졌던 사람은 "다 먹지 않아도 돼. 배부르면 그만 먹어" 하고 말했다. 그 말을 듣는 순간, 나는 처음으로 내 인생의 주인은 나 자신이라고 느껴져 그때부터 삶이 황홀한 지경에 이르렀다. 그 말은 내게 할당된 일을 하지 않아도 된다는 의미로 받아들여지기까지 했고 남긴 음식을 먹어준 그가 마치 구세주처럼 내 인생을 변화시켜줄 것만 같았다. 그것은 곧 사랑이라는 감정에 도달했다. 엄마는 언제나 밥그릇 안에 있는 밥을 다 먹어야 한다고 했다. 그녀의 생각을 반영한 듯 학교에서도 급식을 남기면 청소를 시키곤 했다. 나는 선생님에게 걸리지 않기 위해 몰래 남은 음식을 쓰레기통에 갖다버렸고 나는 또 한번 죄의식에 시달렸다. 세계 각국의 먹지 못하는 아이들의 사진과 부모에게 버림받아 구걸해야 하는 아이들의 사진이 쓰레기통 앞에서 아른거렸다. 그러니 내게 있어 먹는다는 행위에는 남기면 안 된다는 부담감과 더이상 먹을 수 없어 생기는 두려움이 공존했던 것이다. 먹지 않아도 괜찮다는 그의 한마디를 들은 후로 해방되었다. 나는 그 자유와 사랑에 빠졌다고 해도 좋을 것이다. 그는 내 인생에서 그 어떤 문을 열어준 것이다.

시간이 지나고 어느덧 배가 부르면 먹지 않는 때를 지나 먹을 수 있는 음식까지도 자연스레 남기는 사람이 되었을 때 아이러니하게도 "왜 이렇게 조금 먹어? 한 숟가락만 더 먹지 그래?"라고 말하는 사람과 사랑에 빠졌다. 그리고,

나의 마지 막 사랑은 스스로 음식을 요리하고 먹는 상대방을 바라봐주는, 마치 엄마와 같은 사람이었던 것이다. 그때의 사랑은 마치 배가 불러도 다 먹으라고 말하는 넘치는 사랑과 일치했다. 그래야 사랑을 받는 것을 실감할 수 있었고 그 사랑에 배부를 수 있었다.

세탁이 끝났다. 열시가 훨씬 넘은 시간에 건조기 속에서 다시 돌아가는 그것들을 봐야 하는 것이 양심에 걸려 젖은 빨래를 가지고 돌아와 방 이곳저곳에 널었다. 작은 방 안에 옷을 말리고 있자니 더욱 습한 기운이 돈다. 다시 한번 찬물로 몸을 씻고 누웠다. 천장의 불빛에 눈이 시렸다. 언제나 그렇듯 누워 있을 때라야 빛이 거슬린다. 일어나 빛을 없애고 다시 누우니 천장조차 보이지 않는다. 깊은 잠이 들었다.

Fly to Athens

|

한밤중에 잠에서 깼다. 할 일을 찾을 수 없었다. 여전히 마르지 않은 빨래 가운데 가장 많이 마른 빨래 하나를 집어 드라이어로 말리기 시작했다. 엄마가 처녀 적에 입었다며 물려주신 빨간 면에 하얀 민들레 이파리가 수놓인 원피스였다. 대충 옷을 말려 입고 자동차에 시동을 걸었다. 세 시간 반 남짓 운전을 해 마르세유로 돌아와 기한이 남은 차를 반납하고 공항을 향해 걸었다.

아침이 되었고 커피를 한 잔 마셨다. 프랑스를 떠나기 전 마지막으로 빵도 하나 샀다. 그러고 나서 가장 먼저 보이는 적정한 가격의 티켓을 샀고 바로 출국장으로 갔다. 이렇듯 예정에 없던 비행기를 타고 또다시 출국할 때, 그 어느 때보다도 여행다운 기분에 젖는다.

　내가 탄 비행기는 보통 비행기보다 좌석이 좁은 저가 항공사의 비행기였다. 옆에 앉은 여자는 그야말로 육덕진 몸매에 눈에는 과즙처럼 색기가 흐르는 그리스 여자였다. 같은 여자인 나까지도 부끄럽게 만드는 눈빛을 가지고 있는 그녀의 허벅다리는 비행기가 흔들릴 때마다 내 허벅다리에 닿았다. 담요 하나 주지 않는 비행기를 탄 것이 어쩐지 원망스러웠다.

　그녀의 허벅지가 내게 닿을 때, 일본의 큰 기업에서 정치 로비스트로 일했던 친구 유진이 생각났다. 그녀는 술을 마시면 가끔 그때의 일을 얘기해주곤 했었다. 매일 펜슬스커트를 입고 출근을 했다는 그녀는 그 시절 자신의 몸매는 지금보다 좀더 섹시했었다는 말로 이야기를 시작하고는 했다. 로비스트란 자신의 성을 확실히 팔아야 한다는 상사의 가르침에 따라 아침마다 거울을 보며 섹시하게 인사하는 법을 연습하곤 했다고도. 일본의 3대 로비스트로 이름을 날리던 그녀의 상사는 비즈니스우먼이라면 자고로 섹시한 펜슬스커트를 입고 풀메이크업에 약간 홍조 띤 얼굴로 어깨를 슬쩍 비틀며 클라이언트를 바라보아야 한다며 가르쳤다. 내가 그건 어떻게 하는 거냐고 물으면 유진은 능숙하게 웃음을 흘리며 사람을 홀리는 기술을 몸소 보여주고는 했다.

— 그러니까 로비스트란 무슨 일을 하길래 그렇게 사람을 홀려야만 하는데?

— 이미 만들어진 제품들을 다른 나라에서도 팔 수 있게 법안을 조금만 고치면 되는 거야. 사실 법을 고치는 일은 남자가 해도 사람의 마음을 움직이는 일은 여자밖에 못하지. 그러니 로비스트시장에서 여자의 연봉이 높을 수밖에.

마치 그 일은 여자밖에 못하는 것처럼 말했던 그녀는 삼년 만에 회사를 그만두고 한국으로 돌아왔다. 왜 그런 고소득 직장을 그만두었냐고 묻자 유진은 그 직업을 감당하기에 자신은 너무 똑똑했다고 말했다. 가끔 고위관료 할아버지들 허벅지 위에 실수로 손을 얹곤 했었다면서, 그런 실수를 계속 받아들이기엔 자신은 너무 똑똑하다고. 맞다. 그녀는 메이지시대 문학을 원서로 읽고는 나에게 어제의 일인 양 이야기하다가도 다음날 2차세계대전 기록들을 불어로 읽으며 분개하곤 했다. 그녀는 그러면서도 오늘 무슨 일이 일어나고 있는지 내일은 어떨지 궁금해하곤 했다.

그녀는 세상은 머지않아 멸망할 것이라고, 그간의 역사를 추론하곤 했지만 내가 느낀 것은 그녀를 비롯해 그녀가 믿는 역사 속 인물을 포함한 똑똑한 이들의 특징은 언제나 미래를 확신한다는 것이었다. 그리고 그것의 대부분은 희망적이지 않았다. 희망적인 미래는 바보들이나 꿈꾸는 거니까 말이다.

옆자리에 앉은 그리스 여인은 큰 가슴을 내 오른쪽 팔 윗부분에 닿게 한 채로, 그러니까 의자에서 살짝 왼쪽으로 몸을 틀고는 잠이 들었다. 나의 것보다 훨씬 더 커서 만져보고 싶기까지 했던 그녀의 가슴이 물컹하게 내 어깨를 감쌌고 나는 결국 꼼짝도 못한 채로 가만히 앉아 아테네로 왔다. 그리스 여신과 함께.

Athens

|

아테네 공항에 도착해 입국심사를 거쳤다. 심사관은 왜 왔느냐, 얼마나 머물 예정이냐 같은 당연한 질문을 신경질이 난 듯 날카롭게 퍼부었다. 가족 중에 누군가 아픈 것처럼 심기가 불편해 보였다. 이럴 때면 남의 나라에 온 설움을 느낀다. 얼른 짐을 찾아 어깨에 메고 게이트를 빠져나왔다.

계획 없이 도착한 이곳에서 무엇을 할지 생각했다. 우선 택시를 타고 다운타운으로 가야겠다고 생각했다. 다운타운에서는 언제나 재밌는 일로 가득해서 무엇을 해야 할지 몰라 시간을 보내는 일보다는 무엇을 하는 게 더 좋을까 고민하는 시간으로 채워지니까.

택시정류소엔 아무도 없었다. 몇 분만 있으면 금세 택시가 도착할 것이라고 생각했지만 한 시간 남짓 기다려도 택시는 커녕 다른 나라에서는 흔히 보이던 버스가 한 대도 오지 않았다. 나는 아직 아무것도 정한 것이 없었다. 막상 오늘밤을 어디서 잠을 청해야 할지도 알 수 없었고 그리스에 대한 기본적인 것들, 이를테면 특산품은 무엇이며 관광명소는 어떤 곳이 있는지조차 알지 못했다. 두 시간 가량 지나자 외국인 두 명이 택시를 타려는 듯 내 뒤에 줄을 서 불안한 내게 조금의 위안을 주었을 뿐이다. 이렇듯 불안한 기분에 휩싸일 때면 드는 생각이 있다.

나는 언제까지 이렇게 떠돌 수 있을까? 이렇게 어디로 가야만 하는 이유는 무엇일까? 지금의 나는 어느 무엇을 위해 사는가? 평상시엔 생각지도 못했던 현실적인 질문들이 불쑥 찾아와 나라는 인간의 한심함을 자극하곤 했다. 나의 꼼꼼하지 못한 점과 준비성이 부실한 점, 그리고 그로 인해 겪었던 일들과 그후에 후회했던 순간들이 다른 나라, 그것도 난생처음 와보는 그리스 택시정류소에서 스쳐지나가고 있었다.

택시를 기다리던 외국인 두 명과 나를 포함한 세 명의 여행객은 어째서 공항에 이 정도로 사람이 없을 수 있는지 지나가는 택시는 왜 한 대도 보이지 않는지, 지하철이나 버스는 왜 다니지 않는지, 그래서 대체 어디로 가야 하는 건지, 그야 말로 영문을 알 수 없었다. 그리스인을 찾아 물어봐야 했다. 몇 번의 시도 끝에 공항을 거닐던 그리스 경찰관에게서 들은 답은, 그리스의 모든 노조가 총파업중이라는 말이었다. 그리스 경찰관은 한마디 덧붙였다.

"위험하게 왜 지금 왔니?"

위험하다고? 그러니까 현재 아테네에 있는 게 위험하다는 거지? 나는 재차 물었지만 그는 어깨를 으쓱한 채 자신도 알 수 없다는 듯 무신경한 몸짓을 남기고 사라졌다.

이제 정신을 차려야 했다. 언제까지 여행자의 낭만에 빠져 허우적댈 수는 없었다. 이런 순간에 인간은 성숙하는 법 아니던가? 돌아갈까? 아니 그럴 수는 없었다. 우선 숙소를 찾을 수 있는 시내까지 가야 한다.

어느 나라에서 왔는지는 모르지만 영어가 서툰 두 명의 외국인과 나는 마치 여행 동료라도 된 듯이 관광객을 위한 정보 센터로 가서 안내원을 찾았지만 그곳에도 사람은 없었다. 결국 다시 한 시간 가량이 흘렀고 이곳에서 속수무책으로 있을 수만은 없었기에, 우리는 돈을 거둬 호텔에서 운영하는 리무진을 이용하기로 했다. 일단 리무진 서비스가 있는 호텔을 찾아 프런트로 전화를 걸었다. 이곳에 그 호텔로 가고 싶어하는 사람이 세 명이 있다고. 외국인 두 명과 나는 서로를 동지로 여기며 필사적으로 살길을 찾아 헤맨 끝에 호텔 자동차에 오를 수 있었다. 공항에 도착한 지도 벌써 네 시간이 지났을 때였다.

장기 여행자에게 호사스러운 그 호텔방에 들어가는 순간, 네 시간 동안 내려놓을 생각도 못한 29킬로 무게의 배낭끈이 어깻죽지 위에 빨간 줄을 그어놓았다.

욕조 안에서 단단하게 뭉쳐 풀어질 줄 모르는 어깨를 주무르다 잠이 들었다. 물이 차가워지자 잠에서 깨어 다시 침대로 파고들었다. 누울 수 있으니 아무것도 상관없었다. 드디어 잠들 수 있었다. 이 순간만큼은 아무것도 상관이 없었다. 불빛도. 내일에 대한 생각도.

Hotel Fresh, Athens

|

얼마나 잤는지 분간이 가지 않은 상태로 일어나보니 다시 밤이었다. 잠결에 눈물을 흘렸는지 눈가가 흥건히 젖어 있었다. 나와 침묵만이 남아 있는 공간에서 눈가의 물기를 닦고 감정을 추슬렀다. 아무 소리도 들리지 않는 방 안은 고요했고 높은 층에 자리잡은 방의 창문은 열 수 없도록 고정되어 있었다. 어떤 호텔들은 자살을 방지하기 위해 테라스를 만들지 않는다고 한다. 테라스가 없어 벽면이 매끈한 지우개 같았던 어떤 건물이 떠오른다. 나는 테라스가 있는 방이 필요했지만 누군가 죽기로 결심했던 방 또한 가고 싶진 않았다. 그래도 혼자 머물기에는 사람들이 돌아다니는 바깥 광경이 보이는 낮

고 아담한 테라스가 있는 곳이면 더 좋겠다고 생각했다.

원래부터 나란 인간은 척을 잘한다. 초연한 척, 관심 없는 척, 괜찮은 척. 사실 그렇게 척을 하다보면 스스로도 그렇게 믿게 되는 순간이 온다. 그렇게 믿고 살아가는 사람에겐 눈물이 날 일이라곤 별로 없었다. 특히나 사람들 앞에서 눈물을 보이는 일이라고는 인생에서 꼽을 만했다. 그렇지만 여행을 시작한 이후로 나는 수도꼭지를 틀어놓은 듯이 자주 눈물을 흘린다. 새벽녘 와인을 마시고 창밖을 바라보다가도 그랬고 아비뇽에서 끊어진 다리를 보고 나서도 그랬고 조금 전 잠에서 깨어나서도 그랬다. 이러다가는 밥을 먹다가도 운전을 하다가도 배낭을 메다가도 눈물을 흘릴지 모르겠다. 그동안 내가 알아왔던 척을 잘하는 여자는 사라지고 최소한의 슬픔도 숨길 수 없는 여자가 되어버렸다.

호텔 옥상에는 수영장이 딸린 바가 있고 그곳에서는 파르테논 신전도 보인다고 했다. 올라가보니 나처럼 폭동을 피해 숨어 있는 여행객들이 술을 마시고 신전을 보며 수영을 하고 있었다. 무너진 아테네 신전 주위로 밝혀놓은 조명은 지금 이곳의 상황을 모르는 듯 평화로워 보였다.

모히또 한 잔을 주문했다. 바텐더는 옥상에서 직접 기르고 있는 민트 잎을 떼어 모히또에 바로 넣어주었다.

바텐더는 노년의 할아버지였다. 말끔한 정장에 조끼까지 갖춰 입은 하얀 머리의 바텐더 할아버지를 보자 마음이 편해졌다. 대부분의 관광지에서 바텐더들은 젊음을 과시하는 차림새에 매력적인 외모인데다 그런 바에서 혼자 술을 시켜 마시면 괜한 오해를 받을까봐 단숨에 들이켜고 방으로 돌아간 적도 많았다. 하지만 이렇듯 푸근한 바텐더 앞에서라면 마음 놓고 술을 즐겨도 파르테논 신전을 한껏 바라보며 수영을 하고 다시 바로 돌아온다 해도 아무렇지 않을 것이다.

"여행중인가?"

"네. 맞아요."

"혼자서?"

"네. 혼자서요."

"나도 그 나이 때는 홀로 여행을 다니기도 했었는데."

"아직 다니셔도 되겠는데요? 정정하셔서."

"지금은 그때보다도 오히려 돈이 없어. 그래서 못 가지."

"아. 그런가요."

그에게는 평범한 대답이었을 테지만 나는 어떻게 대답해야 할지 몰라 고개를 숙였다. 할아버지는 그런 내 모습에 아랑곳하지 않은 채 숨을 한번 고르고는 이야기를 이어갔다.

"그동안 그리스가 너무 많이 변한 게지. 그리스인들은 예전엔 일할 필요가 없었어."

"어째서요?"

"모든 게 너무나 풍족했으니까. 그래서 모두가 24시간 내내 술을 마시고 춤을 추고 여행을 다니며 살았지. 마치 매일이 축제 같았어. 그런데 지금 그리스를 봐. 모두가 성을 내고 싸우고 있어. 돈이 모자라니 싸울 수밖에. 모든 것이 나 같은 늙은이들이 잘 못해서 이렇게 된 게지. 그래서 열심히 일하고 있다네."

할아버지는 더이상 여행을 갈 수 없다고 했지만 어쩌면 갈 필요가 없는 건지도 모르겠다. 세계 각국에서 온 사람들과 매일 이야기를 나누고 맛있는 음료를 대접하는 일은 생각보다 근사해 보였으니까. 할아버지는 내게 아시아의 경제와 생활 수준을 물어왔고 나는 내가 할 수 있는 가장 솔직한 대답을 해드렸다. 적어도 내가 아는 한 우리의 지금 또한 지금 그리스와 크게 다르지 않았다.

할아버지 어깨 너머로 파르테논 신전이 보였다. 나는 모히또 잔을 들고 수영장으로 간 다음 다른 외국인들처럼 물속으로 뛰어들었다. 물속에 가만히 누워 아테네의 야경을 바라보왔다. 아테네의 야경은 말이 없지만 거리는 변화에 흔들리고 있을 것이었다. 지금은 피가 터지고 고함을 지를 수밖에 없겠지만 언젠가 다시 그리스의 축제 같은 날을 볼 수 있겠다는 확신이 들었다.

부디 내가 살아 있을 때 그날이 오기를. 그래서 내가 오늘의 이 폭동 속에 있었다는 것에 자긍할 수 있기를.

모두가 현재의 역사를 만들고 있다. 모든 과거는 미래를 낳는다. 오늘의 나는 사라지고 내일은 또다른 내가 태어난다. 매일매일이 조금 다른 '나'일 것이다. 내일이 온다.

Athens

|

아침 해가 내리비추는 주차장에서 나 한 명을 데리러 이곳
으로 오는 버스를 기다렸다. 예약해놓은 투어버스는 여섯 군
데의 호텔에서 관광객을 태우고 다시 여행사로 가서 다른 버
스의 관광객들과 합류했다. 스무 명 남짓의 관광객을 태운 버
스는 신전에서 신전으로 이동한다. 택시도 버스도 다니지 않
는 이곳에서 어쩔 수 없는 선택이었다. 시간에 맞추어 올라타
고 내려야 하는 단체관광은 해보기도 이전에 내 타입은 아니
라는 것을 미리 알았기 때문에 관광버스에 올라타는 것은 내
인생에서 처음 일어난 일이었다.

오늘은 다르다. 관광버스가 운행된다는 것 자체만으로도

깊이 감사할 일이었고 나처럼 호기심 어린 얼굴로 다니는 사람들을 만날 수 있다는 것 역시도 예상치 못한 안도감을 선사했다.

버스는 지중해 한켠의 도로를 달려 우리를 포세이돈 신전에 데려다놓았다. 쉬시 않고 말하던 안내요원으로부터 벗어날 수 있다는 해방감에 나는 제일 먼저 버스에서 내렸다. 앙상한 신전을 바라보는데 이전 그리스의 영광을 이야기하던 바텐더 할아버지가 생각났다. 그리스의 오늘은, 이전의 영광이 있었기에 생겨난, 어쩌면 당연한 대가일까?

나 또한 그와 보냈던 완벽했던 나날들을 생각했다. 어떤 과일도 우리의 정도를 따라올 수 없을 만큼 단물이 흘렀을 때를. 자지러질 만큼 웃었고 순간순간 눈물이 날 정도로 행복했던 나날들. 그때는 어째서 당신과의 관계에 어떤 대가가 있을 줄을 몰랐을까.

포세이돈 신전은 사진에서 보던 것과 똑같았다. 때문에 내가 해보고 싶었던 것은 오직 그곳에서 잠들어보는 것이었다. 베르사유 궁에 처음 갔을 때도 그랬다. 궁전 정원에 누워 잠들고 싶어서 사람이 잘 보이지 않는 곳을 찾아 돌고 돌았다. 자리를 잡고 누워 있다가, 온몸에 힘이 풀리며 잠이 드는 그 순간에 보이는 것이 사진 속에서 보아왔던 공간이라는 사실이 너무도 좋아서 그후로 사진 속에서 친근해진 공간들을 만나면 그곳에서 잠시라도 잠들어볼 수 있도록 나만의 공간을 찾는다.

얼마 후 같은 버스를 타고 온 관광객 부부가 나를 깨웠다.

"아가씨, 갈 시간이에요."

이런 버스를 탄다는 것은 어쩌면 마음 편히 잘 수 있는 시간에 대한 간절함을 늘리는 일인지도 모르겠군.

호텔로 돌아오는 길은 험난했다. 시내로 진입하자마자 버스가 멈춰 섰고 우리 모두는 경찰 무리와 사람들의 행진이 지나가기를 기다리는 수밖에 없었다. 연기가 피어오르는 그 속에서 사람들은 소리를 질렀다. 경찰은 시민들을 진압해나갔고 이내 관광객이 지나갈 길을 만들어냈다. 너무나 평온해 잠을 자고 싶었던 낮의 시간과 폭동 속 역사를 만드는 저녁의 시간. 다행히 방으로 돌아왔지만 어쩐지 마음은 무겁다.

다음날에는 시내로 나가는 것을 포기했다. 대신 바텐더 할아버지에게 건너편에 시장이 있다는 이야기를 들어서 걸어가보기로 했다. 아테네 거리에 나온 것은 처음이었다. 시장에서는 여전히 식료품이 사고 팔렸고, 삶이 존재하는 곳에서 피어오르는 냄새들이, 늑대들이, 파리들이 보였다. 그것은 파업과는 아무런 상관없는 일상이었다. 여느 때 같은 평범함으로 사람들을 유혹하는 일상적인 시장에는 그럴싸해 보이는 올리브와 시나몬스틱, 크고 먹음직스러운 생선과 고기들이 냄새를 풍기며 흥정되고 있었다. 나는 군침을 삼켰다. 운좋게 발견한 식당은 시장 귀퉁이의 작고 네모난 공간에 미닫이 유리문이 있는 곳으로, 우리나라로 치면 시장 안의 국밥집 같은 느낌을 풍기는 곳이었다.

조심스레 미닫이문을 열고 들어가 옆자리 남자가 주문하는 것을 따라 했다.

"한 접시 주세요."

주인아저씨가 되물었다.

"술은?"

"아. 물론."

한 접시라는 메뉴에는 올리브 다섯 개를 꽂아놓은 꼬치 하나, 말린 햄 두 조각과 말린 토마토 두 조각, 그리고 빵 한 조각과 삶은 계란 하나가 올려져 있었다. 오 분도 되지 않아 맥주와 함께 한 접시를 비우고 한 접시를 더 주문한 뒤 정신없이 먹고 마셨다.

알코올 중독에 빠져 있던 많은 미국의 문화인들이 분홍색 코끼리를 보았다는 글을 읽고 나서 나는 분홍색 코끼리를 만나기 위해 술을 마셨다. 여행을 하는 동안 하루도 거르지 않고 매일 분홍색 코끼리를 찾았고 마침내 오늘 시민들이 몰려 있는 시내를 요리조리 뚫고 한낮의 뜨거운 태양을 맞으며 다가오는

분홍색 코끼리를 보았다. 코끼리는 어디서 삼켰는지 모를 엄청나게 많은 양의 물을 경찰에게 뿌렸고 그 일대는 이내 강물이 되었다. 시민들이 모여 있던 자리와 경찰이 대치하고 있던 자리에 내가 아비뇽에서 본 끊어진 다리가 나타났고 사람들은 그 다리를 사이에 두고 오도 가도 못하게 되었다. 어떤 이는 발을 동동 구르며 가족을 찾았지만 별도리가 없었다. 혼란스러운 가운데 나는 계속해서 분홍색 코끼리를 쫓아가려 했지만, 분홍색 코끼리는 이미 사라진 후였다. 누구를 탓할 수도 없었다.

창밖을 한없이 바라보았다. 시계를 봤지만 아직도 아홉시가 채 되지 않았다. 그리스의 슬픔을 등지고 호텔 옥상의 파티 속으로 들어가는 것도, 여기까지 와서 침대에만 기대 있는 것도 그만두고 싶었다. 분홍색 코끼리가 등장한 환상 속 그리

스가 아닌 진짜 그리스를 보고 싶었다.

거리로 나왔다. 난리통에 거리는 쓰레기장으로 변모했다. 조용해진 거리에는 쥐들만이 바삐 움직일 뿐 사람은 보이지 않았다. 시장을 지나 다시 공원을 지나서 낮에는 지나가기 힘들었던 큰길가를 따라 조금씩 걸었다. 인기척이 느껴지는 곳으로 조금씩 용기를 내어 다가갔다.

골목 몇 개를 지나 깊숙한 골목으로 들어서자 포장마차 촌이 보였다. 수십 명의 사람들이 삼삼오오 모여앉아 맥주와 분식을 마시고 먹고 있었다. 그것을 본 순간 안도와 동시에 후회가 몰려왔다. 말하자면 이런 것이다. 사람 사는 곳에는 어디나 사람이 있기 마련이라는 안도와 지금껏 움츠리고 있느라 아테네의 거리를 걷지 않은 데에서 생긴 후회. 나는 자연스레 그들 틈에 끼어 테이블 하나를 차지하고 맥주 한 잔을 시킨 뒤 옆 테이블에서 먹는 음식을 달라고 했다. 어딘가에서 읽은 고대 그리스인들과 마찬가지로 이곳엔 흥이 넘쳐나고 있었다. 낯선 여자의 출현을 환호하며 여기저기서 휘파람을 불었다. 큰소리로 '이리로 와서 앉아요' '어디서 왔어요? 일본? 중국?' 따위의 고함을 치기도 했다. 나는 호흡을 고르고 용기를 내어 미소를 지었다.

맥주를 마시다가 고개를 들었을 때 테이블 사이사이에 뉘어놓은 팻말들이 보였다. 이곳에 모인 사람들 대부분이 데모에 참가했던 시민들이었을 것이다. 아직 사그라지지 않은 사람들의 에너지가 나에게까지 전해져왔다. 이들은 지금 외로울 틈이 없을 것이다. 패배 직전에는 오로지 뛰어야만 할 테니까. 하지만 나는 이들처럼 패배 직전에 뛸 수 있는 용기가 있을까. 불꽃처럼 타오를 용기가 있을까. 그리스의 시장도 그리스의 포장마차도 신문을 통해 보는 세상 밖 모습과는 달리 에너지가 넘쳐흐르고 있었다. 그리스 신화가 생각나는 밤이다. 몇 잔 더 맥주를 마시자 곧 취기가 올랐고 분홍색 코끼리가 내 옆에 다가와 앉았다.

Service Area, Hoengseong

|

언젠가 횡성휴게소에서 차를 세워놓고 잠시 잠을 청하려 눈을 감았던 적이 있었다. 작은 내 차 양옆 그리고 앞뒤로 세워놓은 집채만한 트럭들 사이에서 깔려 죽을 것 같은 기분을 느끼며 눈을 붙였다. 그때 더이상 운전할 수 없을 만큼 피곤하지만 않았다면 당장 그곳에서 벗어나 집으로 돌아왔을 것이다.

거대한 트럭에서 내린 운전수 두 사람은 하필이면 내 차에 기대어 커피를 마시고 담배를 피우면서 대화를 나누기 시작했다.

— 진갑아, 늬도 들었제? 원주 형님 말이다. 그 형아 이제 망해뿟다.

─아, 교통사고 있었다고 들었어요.

─내가 원주 형님 보면서 절실히 느낀 게 있는데, 우리 같은 트럭 운전수들은 운전대를 한번 잡으면 죽기 아니면 살기, 딱 그거다. 알긋나?

─네? 그게 무슨 말인데요?

─원주 형님처럼 사고내가 사람 병신 만들어뿔면 어떻게 되나? 안 그래도 입에 풀칠하기도 빠듯한데 병원비며 뭐며 버는 돈 다 그 병신 갖다줘야 되는 기다. 이제 일해서 그 사람 노예로 살아야 하는 기제. 내 말 알아듣겠나? 한 명은 병신, 한 명은 노예. 그케 돼뿐다고.

─음…….

─그런 상황이 되면 말이다. 차라리 엑셀을 더 쎄게 밟아뿌러라. 우리 트럭들은 거의 다 과적차량 아니겠나. 브레이크를 죽어라 밟는다 해도 차가 밀려나가다보면 살아도 병신 되는 거지. 방도가 없다 아이가. 상대방도 목숨이 끊어져야 차라리 속 안 편하나. 운전해서 병신 만들고 그 사람 치다꺼리하면서 사는 거보담야 빵에 한 일 년 들어갔다 나오는 게 차라리 나은 기다. 우리한텐 그게 자연의 법칙이다, 이기야. 내 말 알아듣겠냐고.

난 그날 날이 밝을 때까지 아니, 정확하게 말하면 트럭들이

도로 위에서 없어질 때까지 기다렸다가 떨리는 몸을 추스른 다음 간신히 운전을 해서 집으로 돌아왔다. 살인모의를 듣고 나서 도저히 거대한 트럭들 사이를 지나쳐 빠져나올 용기가 없어서였다. 그 이후로 나는 멀리 가야 할 일이 있을 때는 열차나 고속버스를 이용하기로 했다.

얼마 후에 고속버스회사에서 주유소와 뒷거래를 하고 등유를 주유했다는 뉴스가 전해졌다. 이토록 세상의 법칙이란 언제나 잔인한 것일까. 이곳이 내가 사는 세상이라는 사실이, 그걸 당연시하는 현실이, 내가 견뎌내야 할 미래가 두려웠다.

온 세상이 전쟁이다.

총을 든 사내가 물었다.

"네 종교는 무엇이냐?"

무릎을 꿇은 사내가 대답했다.

"나는 종교가 없다. 나를 살릴 수 있는 게 나의 종교다. 네가
지금 나를 죽이지 않고 살린다면 네가 나의 종교다."

살기 위해 하늘을 버린다.

Los Angeles

|

  그리스 공항에 도착해 가장 적절한 가격에 가장 멀리 갈수 있는 비행기 티켓을 끊었다. 내가 탄 비행기는 캘리포니아 주의 로스앤젤레스로 향했다.

  캘리포니아 주는 언제나 늘어지도록 따뜻한, 겨울이 오지 않는 곳이라는 말을 들은 적이 있어서, 나는 언제고 따뜻함이 그리웠기에, 망설이지 않고 이곳으로 왔다. 일 년이 지난 건지 이 년이 지난 건지 그 중간 즈음인지 시간의 흐름에 대한 명확한 감각도 사라져버린 채로 나는 그 어느 때 그대로 멈추어 있다. 해가 뜬다고 해서 내일이 오는 건 아니었다. 진정한 고요가 찾아오면 외부에서 그 어떤 소리가 들려와도 고요함밖에는 느껴지지 않는 법이다. 이곳에서 나는 아직도 여전히 그대로다.

내게 달라진 점이 있다면 깊어지는 고요함이 좋아서 점점 말을 잃어갔다는 것이다. 고요함은 더 큰 고요함을 만들었다. 감정의 동요도 언어 속 배반도, 대화로 인해 벌어질 모든 것들을 배제했다. 필요한 말 외에는 배우고 싶지도 않았다. 부러 듣지도 말하지도 않았고 최소한의 언어로 최대한의 소통을 하길 원했다. 그것은 꽤나 효과가 있었다. 간단하고도 명료한 단어를 찾으려 노력했고 상대방 또한 정확한 표현을 하기 위해 정돈된 언어만을 제시했다. 더이상 좋아하지 않는 일들을 스스로에게 강요하지 않아도 되었고 좋아하지 않는 일을 하지 않는다고 해서 세상이 무너지는 일 따위는 없다는 것 또한 절감했다. 그래도 세상은 돌아갔고 여전히 그 속에 내가 있었다.

새벽이 오면 어김없이 헌팅턴 비치로 향했다. 서핑보드에 몸을 싣고 바람에 밀려들어오는 파도를 뚫었다. 뚫고 나간 만큼 파도를 타고 돌아오는 것은 너무도 당연한 이치였다. 가끔은 파도가 만들어내는 커다란 모양의 베럴에 갇혀 마치 세탁기에 돌아가는 빨래처럼 물속에 처박혀 구겨지기도 했다. 그러고 나면 웃음이 났다. 두렵기도 하지만 기분이 좋기도 했다. 건강함에서 오는 욕구들이 살아나기도 한다. 이를테면 식욕이라든지 성욕 같은 것.

매일 아침 서핑을 반복하다보니 과거의 일들도 차츰 희미해져갔다. 그와 함께 뛰놀던 바다도, 그와 함께 그리던 그림도 미래도 모두. 생각보다 삶은 점점 더 간단해져갔다. 이렇게 살다보면 원하는 게 뭔지도 금방 잊어버리고 하고 싶은 일들도 금세 포기해버릴 수 있을 것 같았다.

어렸을 적에 나는 십 년 넘게 바이올린을 배웠다. 나중에 나는 바이올린을 켜는 음악가가 될지도 모른다고 생각했지만 아니었다. 그 이후 나는 마치 영화에 중독이 된 것처럼 매일 새로운 영화를 찾아 보았고 평생 이렇게 살 수 있을 것이라 생각했지만 그것마저도 힘들어져갔다. 매일 허구 속에서 희망을 찾기에 인생은 너무도 짧았기 때문이었다.

방황하던 시간 동안 누구나 그러는 것처럼 나 또한 현실과 조우했고 허상이나 허구가 아닌 진실된 삶을 찾아야 하는 순간을 마주했다. 그래서 여행을 시작했다. 이 나라에서 저 나라로 또다시 이색적이고 흥분할 만한 것들을 만나고 겪으며 삶의 재미를 찾으려 했다. 하지만 그것 또한 현실과는 거리가 먼, 마치 겨우 내게 할당된 천국의 꿈같은 시간이었다. 결국 다시 떠나온 곳으로 돌아가야만 한다는 압박감에 시달렸고 진짜 내 삶을 찾아야 할 시간이 다가와도 그 어디에서도 진실된 삶을 찾아내지는 못했다.

결국 나는 어디에도 속하지 못한, 진눈깨비와 같은 존재라는 것을 알게 되었다. 분명히 존재하고 있으나 땅에 닿으면 없어질 정도로만 존재하는, 눈도 비도 무엇도 아닌, 진눈깨비 말이다. 처음엔 그 사실을 인정하기 힘들었으나 이곳에 와서야 비로소 나는 그것을 인정하게 되었다. 어릴 적부터 서른이 넘는 동시에 나는 분명, 내가 하고 싶었던 진정한 무엇을 찾았으리라고 생각했지만 지금에 와서 내가 발견한 것은 진눈깨비인 나 자신뿐이다.

홀로 있자고 떠나왔으면서도 정작 외로움을 느끼지 않았던 것은 아니다. 누구에게 말로 털어놓고 속을 게워내면 좀 나아지는 일들도 있겠지만, 외로움이란 이름의 시련은 적당한 단어를 찾아 가슴 밖으로 꺼내놓기가 힘들었다. 외로움, 그것은 생각지 못한 순간에 찾아오는, 어쩌면 사랑보다 더 불시에 찾아오는 감정인지도 모른다. 외로움이란 녀석은 밥을 먹으면서도 찾아왔고 집중해서 영화를 보다가도 찾아왔으며 어떨 때는 춤을 추다가도 찾아오곤 했다.

한번은 〈서칭 포 슈가맨〉이라는 다큐멘터리 영화를 눈물을 흘리며 보고 나서 영화의 OST를 사들고 집으로 돌아와 다시 한번 영화 속 노래를 들었다. 그러다 문득 춤이 추고 싶어졌다. 자리에서 일어나 눈을 감고 음악에 몸을 맞춰 춤을 추다가 다시 눈물을 흘리는 자신을 발견하고는 깜짝 놀라 음악을 멈추고 침실로 도망치듯 달려간 뒤 이불을 뒤집어쓰고 소리 내어 말했다.

나는

외롭지 않다.

그렇게 말한 순간부터 다시 말로 꺼내기가 무서울 정도로 외로움은 줄곧 내 곁에 머무르며 한시도 주변을 떠나지 않았다.

그러는 동안 나는 잠이 오지 않으면 24시간 운영하는 대형마트로 가서 필요한 물건들을 꼼꼼히 살폈다. 그러고도 남는 시간을 어찌할 바 몰라 필요하지 않은 물건들까지도 꼼꼼이 살피며 시간을 보내고는 했다. 배가 고파서라기보다는 무언가 할 거리들을 찾다가 레스토랑으로 들어가 부러 음식을 시킨 뒤 한 조각씩 천천히 곱게 씹어 삼켰고 주말의 여유로운 시간을 음미하듯 카페에 앉아 사람들을 구경하기도 하고 혼자서는 가지도 못할 곳들을 검색하며 실행하지도 않을 여행

계획을 짜기도 했다. 그러다 노트 한쪽 귀퉁이에 현재의 마음 상태에 관한 문장을 쓰다보면 외면해왔던 감정을 왈칵 뒤집어쓴 기분을 느꼈다.

그러면서 생긴 버릇도 있었다. 밤이면 바에 들러 누군가 옆자리에 함께 있는 것처럼 칵테일 두 잔을 주문하고, 그러나 그가 잠시 자리를 비운 듯이 홀로 앉아 있는다. 그래서 좋은 점은 외로워 보이지 않을 테니 괜찮다는 것과 시시껄렁하게 말을 걸어오는 남자가 없어서 편하다는 것이었다.

고요한 새벽이 오면 어김없이 외로움과 두려움이 먼저 찾아왔다. 언제까지 혼자 있을 수 있을까. 언제까지 이 고독을 견딜 수 있을까. 그러다 곧 그런 생각에서 벗어나려 휴대폰을 켜고 수만 가지 정보들을 읽어내려갔다. 정치 경제 연예 뉴스들을 읽다가 다시 영화를 틀거나 인터넷에 떠도는 사진들을 훑었다. 그렇게 하릴없이 시간을 흘려보내다 배가 고프면 밥을 먹고 커피를 마시고 다시 손을 움직여 무언가를 만졌다. 운동도 하고 바닷가로 나가 서핑도 했다. 다시 웃고 걷고 뛰었다. 그러나 다시 새벽이 오면 무기력하게도, 여지없이 어제 노력한 모든 것들이 허사가 되고 말았다.

언제까지 나는 여기 이곳을 버틸 수 있을까? 결론 없는 생각들이 쳇바퀴를 돌았다.

"어이, 진눈깨비. 잘 지냈냐?"

어느 날, 내가 불쑥 그랬던 것처럼 효정이 나를 찾아왔다.

눈을 비비며 일어나 문을 열었을 때, 문 앞에 서 있는 그녀를 보고 환호성을 지를 뻔했지만 나는 그만 울어버렸다.

Silver Lake, Forage Restaurant

|

"대체 무슨 일을 하며 살고 있는 건데?"

"돈 벌 수 있는 일 이것저것. 도자기 공방에서 작가님 일 돕고, 밤에는 바에서 서빙도 하고, 새벽에는 서핑을 하러 나가고. 아주 바쁘게 지내."

"서울에는, 언제 돌아가겠다는 예정은 있어?"

"아직 없어. 언제까지고 가능한 만큼 버티다가 가겠다는 마음이야."

"뭐야 대체? 그렇게까지 잊고 살아가고 싶은 것이 있는 거야?"

"그런 건 아니야. 문득 전혀 다른 삶을 살고 싶었다고나 할

까? 마치 다시 태어난 것 같이 다른 사람으로 살아보고 싶었
어."

"다른 인생을 살려면 다른 사람이 되어야 하는 거 아닐까?"

"어디선가 그런 인터뷰를 본 적이 있어. 배우가 한 영화를
마치고 다른 영화로 넘어갈 때 다른 인생으로 넘어가는 기분
이라는. 그것이야말로 내가 살고 싶은 인생이라 생각했어."

내 말을 효정이 받았다.

"사실은 그렇지 않을지도 몰라. 배우들은 한 영화를 마쳤다
고 해서 그 세상을 부정하고 떠날 수 없을 거야. 우린 그 영화
속 배우를 영원히 기억할 테니까. 영화에서 한번 만들어진 세
상은 영원히 그 자리에 존재한단 말이지. 네가 이전의 자신을
부정한다 해도 그 시간의 네 인생은 사라질 수 없을 거야. 지
금의 네가 존재하는 한, 아니 지금의 네가 사라진다 해도."

어느 날 아침 눈을 뜨면 모든 게 꿈은 아니었을까 생각했
다. 고통스러운 시간이었다. 그간의 일들이 마치 꿈에서 보았
던 귀신처럼 모호하게 보일 때가 있었다. 교통사고의 후유증
처럼 지나가버린 것들이 모두 돌멩이로 변해 가슴에서 터져
나올 만큼 아쉬움으로 사무쳤다. 이미 지나가버린 것들이.

"가끔 잠이 오지 않는 밤, 눈을 껌뻑껌뻑거리다보면 내가

돌고래로 변해서 수족관을 헤엄치고 있다는 생각이 들어. 유리로 된 수족관 밖으로 보이는 세상은 너무도 아름다운데 나는 바깥에 닿을 수 없는 거야. 사람들이 수족관 밖에서 나를 바라보지. 너는 평생 그 안에서 살아도 괜찮다는 눈으로. 그럴 때면 이대로 영원히 눈을 감아버리고 싶을 때도 있어. 나는 왜 수족관의 출구를 찾지 못하는 거지? 그런 고민에 도달할 때쯤이면 벌써 아침이 와. 보통은 여기서 생각을 멈춰. 그리고 다시 헤엄을 치지. 수족관의 넓이만큼 갈 수 있다면 어디 한번 가보자고. 하지만 여기에 오고부터는 이상해졌어."

"뭐가 이상한데?"

"하루종일 앉아 오가는 사람들을 바라보면서 그들 또한 수족관에 살고 있는 게 아닐까 생각을 했어. 그리고 동시에 우리는 가능하면 가능한 만큼 자유로워질 필요가 있다는 생각을 했어."

"다른 사람은 몰라도 넌 충분히 자유로워 보여."

"팬티가 보일까 젖가슴이 보일까 걱정하며 한여름의 스커트를 고르고 싶지는 않단 말이야."

"왜 그러지 못하는데?"

"좋은 질문이야. 나는 스스로를 가두었던 걸까?"

"무의식적으로 사람들의 시선 속에서 자신을 보호하고 싶었겠지. 하지만 좀 보이면 어떠냔 말이야. 한여름에 푹 파인 미니스커트를 입는 게 어때서! 네가 진짜 입고 싶은 걸 골라. 대신에 반듯이 걸으면 되지!"

씩씩하게 말하던 효정이 잠시 말을 멈추었다. 그러고는 덤덤한 표정으로 다시 말했다.

"나, 사랑하는 사람이 생겼어. 그리고 곧 결혼해. 그런데 얼마 전 그 친구가 바람을 피우다 나한테 들켰어. 그걸 알게 된 날 밤, 그 사람 팔을 끌고 파리 15구에서 시트로앵 공원을 지나 에펠탑까지 가면서 당장 그 여자에게 전화를 걸라고 소리 질렀지. 나는 이 여자의 남자이니 다시는 만나지 말자고 당장 말하라고. 사실 난 그때부터 이 남자와 결혼 아니면 이별 두 가지만을 생각했던 것 같아. 그만큼 내게 찾아온 마지막 사랑이라고 믿었거든. 그렇게 하룻밤 동안 미친 사람이 되어 울부짖는데 기분이 이상하게 좋은 거야. 어떤 기분좋은 호르몬이 무진장 분비되는 느낌이랄까. 그러다 그이를 만나지 않으면서 아프지 않을 바에는 만나며 아픈 게 낫다는 생각을 하기에 이르렀어. 그 사람이 바람을 피우는 것과 나를 사랑하지 않게 되는 것 중에 고르라면 나는 바람을 피우는 것을 택했다고나 할까? 그에게 평생 동안 나 하나만을 사랑하라고 말하는 것은 곧 한 인간의 감성을 버리라는 것일 수도 있어. 사람이 평생 동안 한 사람만 사랑하는 것이 생리적으로 혹은 감정적으로 가능할까? 나는 아니라고 생각해. 그리고 그 사실을 인정하기로 했어. 그러면서 그 사람의 인생 자체를 받아들이기로 한 거야. 물론 앞으로 다른 여자를 만나는 일 따위는 없길 바라지만."

"그래서, 그는 그 여자와 헤어진 거야?"

"아마도 그럴 거야."

"아마도라니?"

"그날 이후 이렇게 생각이 정리되고 나서는 물어본 적이 없거든. 그로부터 일주일 후에 그에게서 청혼을 받았어."

"그 사람도 참. 울부짖으며 거리에서 고래고래 화를 내고 당장 그 여자에게 전화를 하라고 소리친 여자한테 어째서 청혼했을까? 나라면 그 길로 도망갔을 거야."

"나도 똑같은 질문을 그에게 했지. 그런데 그 사람이 말하길, 지금까지 만난 프랑스 여자들은 그런 적이 없었대. 그렇게 지독하게 자신만을 사랑해달라고 말하지 않는대. 절대로 자신을 다 드러내지 않는 거지. 재미났던 건, 미친 사람처럼 따지며 울부짖는 나를 보는데 기묘하게 기분이 좋았다는 거야. 본능적으로 거부할 수 없겠더래. 그러고는 이토록 충분히 사랑받고 있으니 이 여자라면 만족하며 인생을 살아갈 수 있지 않을까 싶은 마음이 들더래. 그러니 어쩌면 너도 언젠가 너의 사랑 앞에서 도망가지 않게 될지도 몰라. 이런 종류의 사랑이 요즈음 시대에 흔하지 않아서 내가 바보 같은 여자로 느껴지겠지만, 너 역시 자신이 완전히 사랑받고 있다고 확신할 때 오히려 완벽히 마음을 내주게 될지도."

완벽히 사랑을 받는다는 말 앞에서 나는 잠시 머뭇거렸다. 그 말에서 바람 소리가 났기 때문이었다.

"작년에 데스밸리 공원과 요세미티 공원을 유랑하듯 떠돌며 몇 개월 시간을 보낸 적이 있어. 숨이 멎을 만큼 뜨거운데다 흙과 태양, 그것밖에는 아무것도 없는 곳에 있다보니 생각하는 것 자체가 고되더라고. 삶과 죽음의 중간 지점에 딱 들어와 있구나. 숨이 턱턱 막히며 몇 개월 지낸 끝에 느낀 거라고는 고작 내가 살아 있다는 사실이었어. 높이가 엄청난 큰 바위로 둘러싸인 곳을 지나기도 했어. 처음에 난 그 굉장한 광경을 보면서 무섭다고 생각할 줄은 몰랐거든. 하지만 거대한 자연 앞에서 인간이란 존재가 무력하다고 느껴지면서 정말이지 두려움이 뭔지 알게 되었던 것 같아. 금방이라도 내게로 쏟아져내릴 것 같은 거대한 돌덩이 앞에서 내가 발견한 것은 무기력함이었지. 대자연 앞에 선 나의 육체의 무게가 너무도 가벼워 오히려 그쪽으로 소유되는 기분. 그리고 사랑이라는 거대한 자연 앞에 놓여 있는 인간에 대해 생각했어. 경험해보지 못한 거대한 사랑이 내게로 온다면 결국 어떻게 될까 하고. 내가 자연 앞에서 그랬던 것처럼 무기력하게 휩쓸리고, 서로의 육체에 빨려들어가면서 끊임없이 사랑을 갈구하겠지. 내가 하고 있는 모든 생각과 행동들이 비정상으로 느껴지기도 할 거야. 그렇지만 어떤 면으로는 그 순간이야말로 진짜 살아 움직이는 것 같을 거야. 네가 보여준 사랑의 표현들이 인간적이면서 자연스럽게 다가왔기 때문에 그 역시 너의 사랑 방식을 받아들였다는 생각이 들어. 정말 본능이었을 거야. 넌 마치 엄마를 찾는 아이 같았잖아."

굉장히 소중한 것을 발견했을 때에는 어쩔 수 없이 슬픈 느낌이 든다. 눈이 마주친 순간 그것의 소중함을 알아본다는 것은 그 순간부터 그 대상과의 역사가 시작된다는 것을 의미한다. 또 동시에 그것의 의미를 읽고 있기 때문에 스스로 소중하다고 느낀 시간은 아주 작은 시간임에도 강력한 힘을 지닌다. 그 힘을 위해 그만큼 아파온 것일 테니까. 지금 내가 굳이 역사라는 단어를 부여한 것은 모든 것에 종말의 순간이 있다는 것을 알면서도 인정하고 싶지 않기 때문이다.

나는 이러한 슬픔을 느끼면서 누군가를 알아본다는 것을 사랑이라 부르기로 했고 그와 함께 용감히 종말을 부정할 수 있는 세상 속으로 기꺼이 걸어들어갈 때 마침내 사랑의 힘이 발휘된다고 믿는다. 그리고 마침내 서로를 알아본 대가로 천국의 문으로 들어가듯이 다른 세계로 들어가는 것, 그것이 사랑의 대가라고.

이 세상 속에서 우리는 가끔 길을 잃고 방황하며 상대방에게 이곳이 어디냐 묻기도 한다. 시간이 흘러 모든 것의 의미가 변해버린 세상에 이전의 의미로 현재를 해석하려 하는 어리석은 자신을 발견할 때도 있다. 하지만 사랑, 그것만이 신이 인간에게 준 천국이란 것을 잊어버리고 있는 것이 아닐까? 그러니 사랑할 때, 이전의 경험들을 지우고 새로운 의미를 부여할 자세로 사람을 기다려야 하는 것은 아닐까? 마치 어린아이의 시선으로.

소중한 것을 발견했을 때 느껴지는 슬픔은 어쩌면 당연한 것일지도 모른다. 그 슬픔으로 인해 눈물을 흘리고 그 슬픔의 에너지로 인해 심장을 다시 뜨겁게 가열시킬 것이며 가열된 심장은 더욱 붉어져 당신의 눈을 멀게 할 것이고 사람들이 만들어놓은 비교와 가치로부터 멀어지게 할 것이다. 그러면서 새로운 눈과 귀를 가지고 자신만의 가치와 의미로 세상을 해석하게 될 능력을 갖게 될 것이다. 그래서 아마도 사랑에 동반된 슬픔은 익숙함에서 벗어나 일정 부분을 버려야 하는 자신의 모습에 대한 안녕일지도.

Venice Beach, Los Angeles

|

　이곳의 아이들은 활동적이고 감정에 솔직하다. 미니스커트를 입은 채 스케이트보드를 타고도 신나게 웃고 있고, 바다에서 나와 서핑보드를 들고 젖은 몸으로 레스토랑에 들어가 음식을 주문하는 데 한 치의 망설임도 없다. 그렇다고 해서 이곳의 아이들이 다르게 자란 것은 아닐 것이다. 서핑보드에서도, 스케이트보드 위에서도 다치는 것에 겁이 없어 보이기는 했지만.

　한번은 서핑을 하는데 큰 파도가 밀려들어와 뒤쪽으로 파도를 피하려는 내게 '부디'라는 열여섯 살의 아이는 말했다.

　— 어려울 거라 먼저 생각하지 마. 일단 파도를 타고 나면

172

할 수 있다는 걸 알게 될 거야.

부디의 아빠는 산타크루즈 출신의 서퍼, 엄마는 발리 출신의 서퍼란다. 파도에서 태어난 소년 부디는 바다에서 자신의 몸으로 체득한 진실을 알려주고 있었다. 자신과 파도 사이에 있었던 일들에 대하여 신나게 늘어놓는 모습이 믿음직스러웠다.

햇빛이 절정을 찍고 내려오면서 만들어진 빛은 알 수 없는 이름의 색들로 모래사장을 칠했다. 신발을 벗고 걷는 효정과 나에게 빛의 따사로움이 한껏 전해진다.

예전에 우리가 하이힐을 처음 신고 다닐 나이 즈음에는 결국 집으로 돌아오면서 신발을 벗어들고 맨발로 걸어 돌아오고는 했었다. 다리가 늘씬해 보이는 구두도 좋았지만 밤새 놀다보면 어떻게 보이는지보다는 좀더 편한 게 중요해지는 거다. 맨발로 걷는 작은 자유는 금세 우리를 신나게 했었다. 그렇게 동네를 몇 바퀴씩 돌다 들어와 씻지도 않고 잠이 들었고 다음날 아침 시커멓게 변한 발을 닦고 다시 하이힐 속에 발을 넣었다. 그럴 땐 또 구두를 벗은 적이 있었냐는 듯이 서로의 옷매무새를 꼼꼼히 봐주기도 했었다. 돌이켜보면 무엇 하나 포기하고 싶지 않았던 순간이었다. 하이힐도, 맨발도, 벗어버릴 수 있는 자유도. 어쩌면 그래서 빛이 나는 순간이었는지도 모르겠다. 나는 여전히 하이힐을 잘 신지 못하고 효정 또한 그렇다. 아직도 투박한 단화나 샌들이 좋고 그보다는 물론 맨발이 가장 편한 우리들이다.

"나, 미국에 오면서부터 줄곧 너랑 같이 샌프란시스코에 가보고 싶었어."

"그래? 그럼 가야지."

"차까지 먼저 도착하는 사람이 운전하기야."

빛으로 닦인 모래사장을 가로질러 뛰었다.

Road to San Francisco

|

먼저 도착해 만세를 부르는 내게 효정은 능글맞게 말한다.

"미안. 국제 운전면허증 없음. 야호."

태연하게 조수석에 다소곳이 앉아 출발을 외치는 그녀는 벌써 새신부의 분위기가 넘쳐흘렀다. 사랑받고 있는 사람만이 풍길 수 있는 여유로움과 세상의 풍요를 다 가진 듯한 미소. 그런 여자를 미워할 수는 없을 것이다. 샌프란시스코까지 가는 길에는 말리부도 샌타바바라도 지날 수 있었다. 한 시간 반 가량을 달려 말리부 해변이 차창 밖으로 보이자 효정이는 말이 없어졌다. 운전을 하는 내내 조잘거리던 효정은 끝끝내 말리부의 광채 앞에서 정신을 잃었다.

"여기가 어디야?"

"말리부 해변이야."

"난 왜 지금껏 바닷가에서 살아볼 생각을 하지 못했던 걸까?"

"넌 도시를 좋아하지 않았어?"

"도시를 좋아했다기보다는 도시에 살아야 하는 건 줄 알았어. 그러니까 더 세련되고 더 멋진 뭔가가 있는 곳으로 가는 게 좋은 건 줄 알았어."

"그렇담, 지금은 다르게 생각해?"

"지금은 아무 생각도 못해. 내가 이곳에 있다는 게 믿어지지가 않아서."

뉴욕에서 발견한 새로운 것들을 보여주며 나를 놀래키던 십 년 전 그녀와 나는 정반대가 되었다. 나는 그녀가 감탄할 만한 곳들을 보여주고 싶어 이번엔 샌타바바라의 와이너리로 향했다.

"여기가 어디야?"

"샌타바바라의 와이너리 파이어스톤이라는 곳이야."

"와이너리에 가볼 생각은 한번도 못해봤어."

"마시는 걸 더 좋아했던 게 아닐까? 어떻게 만들어지는지는 관심이 없었던 거지."

"아니야. 어쩌면 난 세상에 포도밭이 존재한다는 걸 몰랐던 걸지도 몰라. 너 해산물을 불어로 뭐라고 하는 줄 알지?"

"프뤼 드 라 메르(fruit de la mer)."

"그렇지. 바다의 열매. 와인은 이름을 잘못 지었어."

"어째서?"

"포도밭의 열매라고 지었어야 한다고."

"하지만 포도밭의 열매는 포도 아닐까?"

"그건 사랑의 결실이 결혼이라고 하는 것과 같은 이치잖아."

"그럼 사랑의 결실이란 뭔데?"

"그걸 몰라서 묻니?"

"모르겠는데?"

효정이는 포도밭을 뛰어다니며 말했다.

"하하하. 그런 게 어딨어?"

조용히 자신에게 물은 적이 있었다. '내가 진정 원하는 삶은 무엇일까?' 나는 언제고 단순한 삶을 원했다. 그것은 너무도 단순하고 간단명료해서 스스로도 두려울 정도였다. 원하는 것이 몇 개씩 된다면 살면서 원하는 걸 이룰 수 있는 확률이 더 높아질 수도 있겠지만 내가 원하는 것은 우연을 통해 이루어질 수는 없는 것이었다. 영원히 바뀔 수 없으며 영원히 지켜야 하는, 인생에 단 한 번의 기회밖에 오지 않는 것일지도 모른다는 불안감으로 잠들기 전이면 간절히 갈구했다. 진실로 내가 원하는 삶의 단 한 가지는 영원한 사랑이었으니까.

파이어스톤의 정원과 끝이 보이지 않는 포도밭을 바라보다 근처의 2층짜리 모텔에 들어가 차를 세웠다. 한적한 풀밭에 한적한 수영장이 있는 미국식 건물에서의 하룻밤 동안 와인 한 병과 맥주 스무 병을 마시고 수영장으로 뛰어들었다. 경비가 없는 모텔이라서 그 누구도 우리의 밤을 제지시킬 수는 없었다. 다음날 아침, 수영장 깊이가 2미터였다는 사실에 놀란 가슴을 쓸어내리기는 했지만.

San Francisco

|

　"샌프란시스코는 어떤 곳이야?"

　"바람이 애무하는 도시야. 불과 여섯 시간 거리의 로스앤젤
레스에서는 불지 않는 바람이 이곳에는 일 년 내내 불어오니
까."

　"춥지 않아?"

　"추워. 하지만 그래서 좋지. 낮에는 캘리포니아 태양을 과
시하듯 확실히 더웠다가 밤에는 온몸에 바람이 닿으면서 확
실히 추워지니까."

　"확실히 더웠다가 확실히 추워진다……. 그래서 좋다고?
그게 샌프란시스코라고 하니 알 것도 같다. 왜 그런 사람들이

있잖아. 이런 기후를 꼭 닮은 인간들. 꼭 우리 둘처럼."

샌프란시스코가 내려다보이는 언덕에서 바람을 맞고 있으려니 잊고 있던 것들이 다가왔다. 바다에서 불어오는 비릿한 냄새와 인간의 체취가 마치 꼭 남녀가 함께할 때 나오는 분비물 같은, 형용할 수 없는 종류의 색과 냄새와 비위생적인 몸짓과 생각들을 추억하게 했다.

우리는 언덕을 내려와 차이나타운 근처의 바에 자리를 잡았다.

"몸을 녹이기에는 위스키가 낫지 않을까?"

"그래, 두 잔."

그때 옆자리에 있던 노신사가 끼어들었다.

"어이. 웨이터. 그 두 잔 값은 여기서 내지. 자네들은 여행중인가?"

"여행중이에요. 잘 마실게요. 고마워요."

"샌프란시스코는 처음인가?"

"네. 이 근처 사시나봐요?"

그는 반팔 티셔츠에 운동복 반바지 그리고 운동화를 신고 있었다.

"응. 바로 옆 그린스트리트에 살지."

"샌프란시스코에서는 얼마나 사셨어요?"

"글쎄. 한 사십 년?"

"어떤 게 좋나요? 샌프란시스코는?"

"시원하잖아."

"시원하긴요. 추운걸요."

"살다보면 시원해져."

"무슨 일을 하세요?"

"글을 써."

"도대체 미국에서는 만나는 사람마다 작가라고 말하는군요."

"그래? 미국에 작가가 많나?"

"아니 작가가 많은 게 아니고 작가라 말하는 사람이 많은 거죠."

"그게 그거지."

"뭐가 같아요?"

"자신을 작가라 말하는 사람은 아무튼 글을 쓰는 사람들이야. 누가 보든 안 보든 간에 말이지. 그런데 거기다 대고 저는 유명한 작가입니다 혹은 저는 유명하지 않은 작가입니다 라고 말할 필요는 없는 거지. 그것이 중요한 것도 아니고."

"듣고 보니 그렇네요."

"내가 작가가 되고 나서 가장 좋았던 일이 무엇인지 아나?"

"무엇인가요?"

"버클리 대학 출신 교수들 중에 노벨상을 받은 사람들이 있어. 나도 그중에 한 명이고. 받으면 학교에서도 상을 주는데 그것이 내 인생의 선물 중 가장 좋았지."

"뭘 주는데요?"

"지정 주차구역을 줘. 노벨문학상 수상 기념 특별상 개인 주차구역."

"노벨상보다 주차구역 생긴 게 더 기쁘다는 말인가요?"

"당연히 상은 기쁘지. 그렇지만 말이야. 상이라는 건 사람들 말에 둥둥 떠다니는 것밖에 더 있겠나. 어차피 나는 상을 받아도 써야 하고 못 받아도 써야 해. 써야 한다는 고통은 늘 따라다닌다고. 하지만 샌프란시스코에서 주차장을 찾기란 글쓰기를 포기해야 할 만큼 시간이 걸리는 일이라니까."

"정말 의외네요. 노벨문학상을 받은 사람이 그렇게 말할 줄은 몰랐어요. 하지만 그렇게까지 고통스러운데 꼭 글을 써야 하나요?"

"쓰지 않으면 더 고통스러우니까. 쓰지 못하는 작가는 오판을 받고 감옥에 온 죄수의 묵언수행과 같은 거야. 자신만이 증인인 일에 대해 평생 말하지 못한다고 생각해보게나."

"작가란 정말 간질간질한 일이군요."

"자네는 지금 가장 하고 싶은 일이 뭔가?"

"내게 지금 가장 하고 싶은 일을 말하라면…… 아기를 갖고 싶어요."

"뭐라고? 하하하하. 이것참 달아오르는군. 이것 보게. 지금 당장?"

"어머나. 그런 얘긴 아니었어요. 언제까지 이렇게 혼자만의 시간을 보낼 수는 없을 것 같아서요."

"누군가가 필요하다고 느끼나? 근데 왜 애인은 안 만들고 아기를 만들 생각을 하는 거지?"

"지금 당장 누군가가 옆에 있어준다면 좋겠다거나 생리적인 외로움을 달래줄 정도의 누군가를 필요로 하는 타입은 아닌 것 같아요. 단지 평생을 혼자 보낸다고 생각한다면 인생이 허무할 것 같은데 남자로 그 허무함을 달랠 생각을 하면 겁부터 나는걸요. 언제 사라질지 모르니까요."

"사랑이 언제 사라질지 모른다는 불안감은 사랑하는 이라면 누구나 겪어야 할 대가가 아닐까?"

"하지만 사랑이 끝나고 나면 그 흔적들을 지우는 과정과 시간 때문에 지치는 것 같아요. 할 수 있을지 없을지도 모를 싸움을 시작해야 하는 것 같고요. 그 시간을 보내는 게 힘들다기보다 더 힘든 것은 그 시간을 진짜로 송두리째 지워야 한다는 것 때문에 모든 것이 아프게 느껴질 때가 있어요."

"허무함과 함께 싸우면 좋을 사람을 만나면 좋겠구만. 사라져버리는 사람 따위 말고."

"그런 걸 함께해줄 사람이 있을까요?"

"결국 세상은 보고 싶어하는 것을 보여주는 것 같지 않나? 함께해줄 사람이라고 믿으면 그런 사람이 되어줄 수도 있을 거야. 안 그러나 친구?"

노신사는 효정을 향해 물었다.

"그러길 바랐는데 이제는 믿지도 않는 걸 찾아서 보여줘야 겠더라고요."

"그 싸움이야말로 정말 힘들겠는데? 믿지도 않는 걸 있다고 믿게 만들어야 하다니. 친구. 자네 이름이 뭔가?"

"폴린입니다."

"폴린, 세상에 존재하지 않는 걸 보여주는 게 뭔가?"

"그것이야말로 사랑 아니겠습니까?"

"자네가 나보다 낫구만. 나는 이제서야 사랑이 무엇인 줄 알았는데. 결국 존재하지 않는 것을 만들고 다시 그것을 상대에게 보여줄 수 있을 만큼 증명시키고 설득해야 사랑이 된다네. 그 이전 단계까지의 것들은 시간이 흐르면 사랑이 아니거든. 하지만 세상에 태어나 한 사람에게라도 그것을 증명시키고 간다면 그 사람이야말로 진정한 작가가 아니겠나."

노신사는 마시던 맥주를 비우고 우리를 향해 손을 흔들며 '우리의 인생에 사랑이 넘치길'이라는 말을 남기곤 떠났다.

다음날 우리는 피어에 자리한 중국인의 바닷가재 가게로 가서 점심을 먹었고 미션디스트릭트의 카페에서 커피를 마시고는 로스앤젤레스로 돌아왔다.

다음날 효정은 탁자 위에 청첩장을 남기고 파리로 돌아가며 말했다.

"우리의 인생에 비밀이 넘치길."

다시, 혼자가 되었다.

집에서 보내는 시간들이 그리웠다. 내 방 침대에 누워 그동안 보지 못했던 영화를 본다고 상상하니 따뜻한 향기가 가슴에서 피어올랐다. 이제는 돌아가야겠다고 생각했다.

Fly Home

|

비행기 안에서 잠을 잘 자는 사람들을 보면 부럽다. 내가 아무리 노력해도 되지 않는 일 중에 하나는 비행기에서 잠이 드는 것이다. 공포증이나 두려움 같은 건 아니지만 시간 감각을 놓고 있다는 사실에 무슨 일이 벌어질 수도 있다는 긴장감이 온몸에 흘러 마냥 잠만 자며 시간을 거꾸로 보낼 수는 없는 것이다. 배낭 앞가슴에 넣어두었던 수첩을 열었다. 수첩 안에는 돌아가면 보고 싶은 영화 목록이 적혀 있었다. 나도 잊고 있었던 제목들이 수첩에 빼곡히 자리잡고 있는 걸 보고는 피식 웃었다. 사람은 변하지 않는다는 말은 분명 나를 두고 한 말 같았다.

East Sea

|

집으로 돌아왔다. 스무날 동안 침대에 누워 보고 싶었던 영화들을 꼬박 보고 나니 좀이 쑤셨다. 서핑보드를 싣고 동해로 향했다. 가끔씩 탈 만한 파도가 들어오는 동해는 아직 서핑하는 사람이 많이 없어서 혼자 바다를 차지하는 호사를 누리기에 제격이다. 나는 다시 내가 사랑했던 두 가지 취미를 되찾았다. 그것들을 즐기면서도 누군가를 떠올리고 아파하지 않을 자신이 생긴 것이다. 마치 긴 터널을 지나 과거로 되돌아온 것 같았다.

결국엔 내 방 침대로 다시 돌아오기 위한 여행이었는지도 모른다. 먼곳에서 나는 내 방 침대가 사무치게 그리웠다. 친근한 빛과 바람이 들고 나는 창문 아래 놓인 푹신한 나의 침대가.

언젠가 나는 정갈한 주방을 갖게 될 것이다. 누군가와 함께 아이를 데리고 수족관에 갇힌 돌고래처럼 살아갈 것이다. 내가 원했던 자유를 지키기 위해, 이를테면 한여름의 스커트를 고르면서 팬티가 보일까 젖가슴이 보일까 고민하는 일은 그만두기로 했다. 시간이 흘러도 차에 오를 때 슬며시 보이는 허벅지를 훔쳐보며 자긍심을 갖는 남편의 미소를 여전히 흘깃할 테고, 레스토랑에서도 당당히 윗옷을 걷어올리고 수유를 하며 내 아이에게 미소지을 테다. 그게 더이상 외국을 좇지 않는 방법이라면, 내 방 침대를 소유하며 자유를 누릴 수 있는 방법이라면 말이다.

어차피 수족관에 갇힌 삶이라면 바닷가 근처에 살아도 좋겠다. 하염없이 바다를 바라보며 파도를 기다리다가 나중에 내 아이가 해파리에 대해 물어오면 무어라 답해야 할까.

— 바다에 사는 생물이지. 문어처럼 생겼어. 문어가 뭔지 모른다고? 가만, 그럼 오징어는 아니? 음. 그래. 아직 모를 수도 있어. 나도 바다에서 그것들을 본 적은 없거든. 식탁 위에서라면 모를까. 그러니까 해파리는 말이야. 다리가 아주 많이

달린 모자처럼 생겼어. 하지만 전기를 만들기도, 독을 가지고 있기도 하지. 그러니 가까이 가면 위험해. 사람이 죽을지도 몰라.

— 그럼 해파리는 나쁜 놈이야?

그즈음에서 생각을 멈췄다. 더이상 답할 수 없었기 때문이었다. 아직 낳지도 않았지만 그 녀석은 골치 아픈 아이일 것이 분명했다.

돌아오는 비행기 안에서 그동안의 일기장을 읽었다. 그중한 페이지에는 '사랑이란, 인생의 독'이라고 적혀 있었다. 그장을 들여다보며 만약 정말 그렇다면 독을 먹고 죽어가는 것이 인생이면 좋겠다고 생각했다. 그러자 독과는 다른 강한 생명력이 마음속 어딘가에서 꿈틀거리는 것을 느꼈다. 이 파동을 잊지 않으려 천천히 호흡을 골랐다.

다음 페이지를 넘기자 몇 줄의 노트가 더 눈에 들어왔다.

지중해 수면 위 작은 점이 되어

날갯짓하듯 두 팔을 흔들어

잊지 않기를

새가 되어

숨쉬던 나를

하늘 속 새처럼 작은 점이 되어
손과 발의 무게가 사라져
부디 잊지 않기를
새가 되어
지칠 때까지 날던 나를

깨끗한 생각
깨끗한 바람
어찌하여 몰랐고
어찌하여 이곳으로 왔는지
내게는 이젠
파도 소리만 가득

참 많이도 힘들었지
많은 생각들로 가득찼었어
이제 바다로 왔고
지중해 한가운데 점이 되었어
모든 건 사라지고

오직 파란 하늘 파란 바다

그 속에 작은 집이 되어

그냥 이렇게 잠시만 쉬어갈게

　사랑. 그것을 온전히 소유하고 싶은 시절이 나에겐 있었다. 내 마음은 늘 사랑하는 사람을 향하고 있었지만 끝내 그 마음은 모래사장에 가닿지 못하는 파도처럼 부서지고 흩어질 뿐이었다. 그럴 때면 여기가 아닌 다른 곳으로 여행을 떠났다. 수많은 길에 나와 내 감정을 쏟아부으면 그 길들은 얼마간 나의 공간이 될 거라고 생각했던 것이다. 난 더 사랑할 수 있는 것들을 찾기 위해 더 멀리로 걸음을 내디뎠다.

　어둠과 나란히 빛나는 뉴욕의 밤거리, 비에 젖은 파리의 골목, 끝없이 펼쳐진 남프랑스의 푸른 바다, 평화와 분노가 공존하던 아테네의 불안한 습도, 그리고 그곳에서 만난 건강한 청년들과 환한 아이들, 그렇게 스쳐간 사람들. 돌이켜보면 그들은 나를 향해 작은 불을 밝히고 있었다. 갈 길을 헤매던 내 마음은 그곳이 어딘 줄도 모르면서 앞으로 나아가고 있던 것이다.

　여행을 살아온 나는 여전히 혼자다. 비어 있는 저 내면 `안쪽의 공간은 또다른 무언가로 채울 수 없을 것이다. 때로는 그 사실이 사무치고 외로워 오래도록 묵힌 눈물을 쏟기도 했다. 그러나 나는 여전히 여행을 할 것이고 누군가를 사랑할 것이고 마치 어느 미래의 한순간이기도 할, 아직 존재하지 않는 나의 아이를 떠올릴 것이다. 길들이 말을 걸어온 순간과 당신과 나눈 이야기를 언젠가 내 아이에게도 들려줄 것이다.

나는 아직 사랑이 무엇인지 알지 못한다. 다만 바랄 뿐이다. 부디 나의 삶에 사랑이 넘치기를.

다행이었다.

알 수 없는 설렘과 안도로 심장이 크게 뛰었다. 때맞춰 먼 바다에서 큰 파도가 다가오며 바다가 일렁거리기 시작했다. 끝없이 펼쳐진 바다의 결. 눈이 시린 푸른빛의 덩어리.

언젠가의 한순간이 떠올랐다. 파도가 나를 들어올려 물 위에 서게 해주었을 때, 살아 있는 바다를 처음 만나던 그 가슴 벅찬 순간들이.

파도는 하얀 침을 흘리며 밀고 먼 바다로부터 육지를 향해 달리고 있다.

이제, 나도 달려야겠다.

그토록 원하던 배우가 된 것도,
그럼에도 불구하고 유랑하듯 떠도는 사람이 된 것도,
아직 원하던 것을 다 가지지 못했지만
모자란 것이 없을 만큼 욕심이 없어진 자신도.
어쩌면 꿈같은 일이 아닐까 생각했다.

그 밖에도 평소에는 생각하고 싶지 않았던 것들,
이를테면 내 비밀을 알고 싶어 방에 들어오던 엄마의 얼굴,
한참 만에 전화를 받던 성의 없는 언니의 목소리,
영원할 것만 같았던 가족들의 짜증 섞인 불만,
그리고 힘들게 삶을 버티던 동창친구의 보기 싫던 술버릇까지도.
한순간에 서글픈 울림으로 가슴 안에 파고들어
사랑이라는 이름으로 탈바꿈했다.

이 모든 일들이 글을 쓰면서 일어났다.
내게 글을 쓴다는 것은
이전에 보지 못했던 것을 이제 보게 하는 일이다.

2015년 봄
윤진서

파리 빌라
La Villa de Paris
윤진서 소설

1판 1쇄 발행 2015년 5월 8일
1판 4쇄 발행 2018년 2월 8일

지은이 윤진서

편집장 김지향 **책임편집** 이희숙 **편집** 박선주 김지향 **모니터링** 이희연
디자인 김마리 정연화 **제작** 강신은 김동욱 임현식
마케팅 최향모 강혜연 **홍보** 김희숙 김상만 이천희

펴낸이 이병률
펴낸곳 달 출판사
출판등록 2009년 5월 26일 제406-2009-000034호

주소 10881 경기도 파주시 회동길 210
전자우편 dal@munhak.com
페이스북 /dalpublishers **트위터** @dalpublishers **인스타그램** dalpublishers
전화번호 031-955-1921(편집) 031-955-1935(마케팅) **팩스** 031-955-8855

ISBN 979-11-5816-005-0 03810